KB117707

메밀꽃 필 무렵 외

한국문학산책 08 중·단편 소설
메밀꽃 필 무렵 외

지은이 **이효석**
엮은이 **송창현**
펴낸이 **안용백**
펴낸곳 **(주)넥서스**

초판 1쇄 인쇄 2013년 2월 5일
초판 1쇄 발행 2013년 2월 10일

출판신고 1992년 4월 3일 제311-2002-2호
121-840 서울시 마포구 서교동 394-2
Tel (02)330-5500 Fax (02)330-5555

ISBN 978-89-6790-031-1 04810

www.nexusbook.com
지식의 숲은 (주)넥서스의 인문교양 브랜드입니다.

한국문학산책 08
중·단편 소설

이효석
메밀꽃 필 무렵 외

송창현 엮음·해설

지식의숲

차 례

도시와 유령

　어슴푸레한 저녁 몇 리를 걸어도 사람의 그림자 하나 찾아볼 수 없는 무인지경인 산골짝 비탈길에 여우의 밥이 다 되어 버린 해골덩이가 똘똘 구르는 무덤 옆 혹은 비가 축축이 뿌리는 버덩의 다 쓰러져 가는 물레방앗간 또 혹은 몇 백 년이나 묵은 듯한 우중충한 늪가!

　거기에는 흔히 도깨비나 귀신이 나타난다 한다. 그럴 것이다. 고요하고, 축축하고, 우중충하고. 그리고 그것이 정칙일 것이다. 그러나 나는 아직도 그런 곳에서 그런 것을 본 적은 없다. 따라서 그런 것에 관하여서는 아무 지식도 가지지 못하였다. 하나 나는 자랑이 아니라, 더 놀라운 유령을 보았다. 그리고 그것이 적어도 문명의 도시인 서울이니 놀랍단 말이다. 나는 그래도 문명을 자랑하는 서울에서 유령을 목격하였다. 거짓말이라구? 아니다. 거짓말도 아니고 환영도 아니었다. 세상 사람이 말하여 '유령'이라는 것을 나는 이 두 눈을 가지고 확실히 보았다.

어떻든 길게 말할 것 없이 다음 이야기를 읽으면 알 것이다.

동대문 밖에 상업 학교가 가제(假製)될 무렵이었다. 나는 날마다 학교 집터에 미장이로 다니면서 일을 하였다. 남과 같이 버젓하게 일정한 노동을 못하고 밤낮 뜨내기 벌이꾼으로밖에는 돌아다니지 못하는 나에게는 그래도 몇 달 동안은 입에 풀칠을 할 수 있었다마는 그러나 과격한 노동이었다. 그러므로 하루라도 쉬어 본 일은커녕 한 번이라도 늦게 가 본 적도 없었다. 원수같이 지글지글 타 내리는 여름 태양 아래에서 이른 아침부터 저녁때까지 감독의 말 한마디 거스르는 법 없이 고분고분히 일을 하였다. 체로 모래를 쳐라, 불 같은 태양 아래에 새까맣게 타는 석탄으로 '노리'를 끓여라, 시멘트에다 모래를 섞어라, 그것을 노리로 반죽하여라 하여 쉴 새 없는 기계같이 휘몰아쳤다.

그 열매인지 선물인지는 알 수 없으나 우리들이 다지는 시멘트가 몇 백 간의 벌집 같은 방으로 변하고 친구들의 쨍쨍 울리는 끌 소리가 여러 층의 웅장한 건축으로 변함을 볼 때에 미상

불 우리의 위대한 힘을 또 한 번 자랑하지 않을 수 없었다. 어리석은 미련둥이들이다. 그것이 우리의 피를 빨아먹고 나날이 자라 가는 괴물인 줄은 꿈에도 생각지 못하고. 어떻든 콧구멍이 다 턱턱 막히는 시멘트 가루를 전신에 보얗게 뒤집어쓰고 매캐한 노린 냄새와 더구나 전신을 한바탕 쪽 씻겨 내리는 땀 냄새를 맡으면서 온종일 들볶아 치고 나면 저녁 물에는 정말이지 전신이 나른하였다. 그래도 집안 식구들을 생각하고 끼닛거리를 생각하면 마지막 힘이 났다. 일을 마치고 정신을 가다듬어 가지고 일인 감독의 집으로 간다. 삯전을 얻어 가지고 그 길로 바로 술집에 가서 한 잔 빨고 나면 그제야 겨우 제 세상인 듯싶었던 것이다.

술, 사실 술처럼 고마운 것은 없었다. 버쩍버쩍 상하는 속, 말할 수 없는 피로를 잠시라도 잊게 하는 것은 그래도 술의 힘이었다.

그날도 나는 술김에 얼근하였었다. 다른 때와 같이 역시 맨 꽁무니에 떨어진 김 서방과 나는 삯전을 받아 들고 나서자마자 행길(한길) 옆 술집에서 만판 먹어 댔다.

술집을 나와 보니 벌써 밤은 꽤 저물었었다. 잠을 자도 한잠 너그러지게 잤을 판이었다. 잠이라니 말이지 종일 피곤하였던 판에 주기조차 돌아 노니 사실이지 글자대로 눈이 스르르 내리

감겼다. 김 서방과 나는 즉시 잠자리로 향하였다.

잠자리라니 보들보들한 아름다운 계집이 기다리고 있는 분홍 모기장 속 두툼한 요 위인 줄은 알지 말아라. 그렇다고 어둠 침침한 행랑방으로 알라는 것도 아니다. 비록 빈대에는 뜯길망정 어둠침침한 행랑방 하나 나에게는 없었다. 단지 내 몸뚱이 하나인 나는 서울 안을 못 돌아다닐 데 없이 돌아다니면서 노숙(露宿)을 하였던 것이다. (그래도 그것이 여름이었으니 말이지 겨울이었던들 꼼짝없이 얼어 죽었을 것이다.) 따라서 세상에 못 볼 것을 다 보고 겪어 왔었다. 참말이지 별별 야릇하고 말 못할 일이 많았다. 여기에 쓰는 이야기 같은 것은 말하자면 그중에서 가장 온당한 이야기의 하나에 지나지 못한다.

어떻든 김 서방 – 도 이미 늦었으니 행랑 구석에 가서 빈대에게 뜯기는 것보다는 오히려 노숙하기를 좋아하였다. – 과 나는 도수장(屠獸場)께를 지나서 동묘 앞까지 갔었다.

어느 결엔지 가는 비가 보슬보슬 뿌리기 시작하였다. 축축한 어둠 속에 칙칙한 동묘가 그 윤곽을 감추고 있었다. 사방은 고요하였다.

"이놈들 게 있거라!"

별안간에 땅에서 솟은 듯이 이런 음성이 들렸다. 나는 깜짝 놀라는 대신에 빙긋 웃었다.

"이래 보여두 한여름 동안을 이런 데루 댕기면서 잠자는 놈이다. 그렇게 쉽게 놀라겠니."

하는 담찬 소리를 남겨 놓고 동묘 대문께로 갔다.

예기한 바와 다름없이 거기에는 벌써 우리 따위의 친구들이 자리를 차지하고 있었다. 꽤 넓은 대문간이지만 그 속에 그득하게 고기 새끼 모양으로 오르르 차 있었다. 이리로 눕고 저리로 눕고 허리를 베고 발치에 코를 박고 드르렁드르렁 코를 골고.

"이놈들 게 있거라!"

"아이그 그년……."

"이런 경칠 자식 보게."

엎치락뒤치락 연해 연방 잠꼬대 소리가 뒤를 이었다. 그러면 이쪽에서는,

"술맛 좋다!"

하고 입맛을 쩍쩍 다시는 사람도 있었다. 그 바람에 나도 끌려서 어느 결에 쩍쩍 다시려던 입을 꾹 다물어 버리고 나는 어이가 없어 웃으면서 김 서방을 둘러보았다.

"어떡하려나?"

"가세!"

"가다니?"

"아… 아무 데래두 가 자야지."

김 서방 역시 웃으면서 두 손으로 졸린 눈을 비볐다.

"이 세상에선 빠른 게 첫째야. 이 잠자리두 이젠 세가 나네그려, 허허허."

하면서 발꿈치를 돌리려 할 때이다.

나는 으레 닫혀 있어야 할 동묘 안으로 통한 문이 어쩐 일인지 반쯤 열려 있는 것을 발견하였다. 나는 앞선 김 서방의 어깨를 탁 쳤다.

"여보게, 저리로 들어가세."

"어디루 말인가?"

김 서방은 시원치 않은 듯이 역시 눈만 비볐다.

"저 안으로 말야. 지금 가면 어딜 간단 말인가. 아무 데래두 쓰러져 한잠 자면 됐지."

"그래두."

"머, 고지기(관아의 창고를 보살피고 지키던 사람)한테 들킬까 봐 말인가? 상관있나, 그까짓 거 넬 식전에 일찍이 달아나면 그만이지."

그래도 시원치 않은 듯이 머리를 긁는 김 서방의 등을 밀치면서 나는 안으로 들어갔다. 중문턱까지 들어서니 더 한층 고요하였다. 여러 해 동안 버려두었던 빈 집터같이 어둠 속으로 보아도 길이 넘는 잡풀이 숲 속같이 우거져 있고 낮에 보아도 칙칙한 단청이 어둠에 물들어 더 한층 우중충하고 게다가 비에 젖어서 말할 수 없이 구중중한 느낌을 주었다. 똑바로 말이지 청 안에 안치한 그림 속에서 무서운 장사가 뛰어 내닫지나 않을까 하고 생각할 때에 머리끝이 쭈뼛하여지는 것을 어찌할 수 없었다.

거진 옷을 적실 만하게 된 빗발을 피하여 앞뜰을 지나 넓은 처마 밑에 이르렀다. 그 자리에 그대로 푹 주저앉아 겨우 안심한 듯이 숨을 내쉬었다.

그때이었다.

"에그, 저게 뭔가, 이 사람!"

김 서방은 선뜻 나의 팔을 꽉 잡았다. 그가 가리키는 곳에 시선을 옮긴 나는 새삼스럽게 놀라지 않을 수 없었다. 별안간에 소름이 쪽 돋고 머리끝이 또다시 쭈뼛하였다.

불과 몇 간 안 되는 건너편 정전(正殿) 옆에! 두어 개의 불덩어리가 번쩍번쩍하였다. 정신의 탓이었던지 파랗게 보이는 불덩이가 땅을 휘휘 기다가는 훌쩍 날고 날다가는 꺼져 버렸다. 어디선지 또 생겨서는 또 날다가 또 꺼졌다.

무섭 잘 타기로 유명한 왕눈이 김 서방은 숨을 죽이고 살려 달라는 듯이 나에게로 바짝 붙었다.

"하하하하……."

나는 모든 것을 다 이해하였다는 듯이 활연히 웃고 땀을 빠지지 흘리고 있는 김 서방을 보았다.

"미쳤나, 이 사람!"

오히려 화기가 버럭 난 김 서방은 말끝도 채 못 마쳤다.

"하하하. 속았네, 속았어."

"……."

"속았어, 개똥불을 보고 속았단 말야, 하하하."

"머 개똥불?"

김 서방은 그래도 못 미덥다는 듯이 그 큰 눈을 아직도 휘둥그렇게 뜨고 있었다.

"그래 개똥불야, 이거 볼려나?"

하고 나는 손에 잡히는 작은 돌멩이를 하나 집어 들었다.

그리고 두어 걸음 저벅저벅 뜰 앞까지 나가서 역시 반짝거리는 개똥불을 겨누고 돌을 던졌다.

하나 나는 짜장 놀랐다. 돌을 던지면 헤어져야 할 개똥불이 헤어지긴커녕 요번에는 도리어 한군데 모여서 움직이지 않고 무슨 정세를 살피는 듯이 고요히 이쪽을 노리고 있지 않은가!

나는 또 숨을 죽이고 그곳을 들여다보았다. 오, 그때에 나는 더 놀라운 것을 발견하였다. 꺼졌다 또 생긴 불에 비쳐 협수룩한 산발과 똑똑치 못한 희끄무레한 자태가 완연히 드러났다. 그제야 '흥, 흥' 하는 후렴 없는 신음 소리가 들려오는 줄 알았다.

"에그머니!"

나는 순식간에 달팽이같이 오무러쳤다. 그리고 또 부끄러운 말이지만 겨우 정신을 차렸을 때에 나는 동묘 밖 버드나무 밑에 쓰러져 있는 나 자신을 발견하였었다. 사실 꿈에서나 깨어난 듯하였다. 곁에는 보나 안 보나 파랗게 질린 김 서방이 신장대 모양으로 벌벌 떨고 있었다.

밤이 이슥하였는데 집으로 돌아가기도 무엇하니 나머지 밤을 동대문께 가서 새우자고 김 서방이 제언하였다.

비는 여전히 뿌리고 있었다. 뒤에서 무어가 차오는 듯하여 연해연방 뒤를 돌아보면서 큰 행길에 나섰을 때에는 파출소 붉은 전등만 보아도 산 듯싶었다.

허둥허둥 동대문 담 옆까지 갔었다.

고요한 담 밑에는 아무것도 없었다. 모든 것을 집어삼킨 캄캄한 어둠밖에는. 물론 파란 도깨비불도 없다.

'애초에 이리로 왔더라면 아무 일두 없었을걸.'

후회 비슷하게 탄식하고 어디가 어디인지 분간할 수 없어서 '에라, 아무 데나' 하고 그 자리에 푹 주저앉았다 하자.

나는 놀라기 전에 간이 싸늘해졌다. 도톨도톨한 조약돌이나 그렇지 않으면 축축한 흙이 깔려 있어야만 할 엉덩이 밑에 – 하느님 맙소사! – 나는 부드럽고도 물큰한 촉감을 받았다.

뿐이 아니다. 버들껑하는 동작과 함께 날카로운 소리가 독살스런 땡비같이 나의 귀를 툭 쏘았다.

"어떤 놈이야, 이게!"

나는 고무공같이 벌떡 뛰었다. 그리고는 쏜살같이 - 그 꼴이야말로 필연코 미친놈 모양이었을 것이다. - 줄행랑을 놓았다.

김 서방도 내 뒤에서 헐레벌떡거렸다.

"제발 사람을 죽이지 마라."

김 서방은 거의 울음 겨운 목소리로 부르짖었다.

"이놈의 서울이 사람 사는 곳이 아니구 도깨비굴이었던가."

나 역시 나중에는 맡길 데 없는 분기가 솟아올랐다.

그러나 또 한편으로는 한없이 어리석고 못생긴 우리의 꼴들을 비웃고도 싶었다. 잘 알지 못하지만 세상에 원 도깨비나 귀신치고 몸뚱어리가 보들보들하고 물큰물큰하고 아니 그건 그렇다고 해 두더라도 '어떤 놈이야, 이게!' 하고 땡비 소리를 치다니 그게 원…… 하고 의심하여 볼 때에는 더구나 단단치 못하게 겁을 집어먹은 것이 짝 없이 어리석게 생각되었다. 그렇다고 그 자리에서 또 발을 돌려 그 정체를 탐지하러 갈 용기가 있었느냐 하면 그렇지도 못하였다.

하는 수 없이 보슬비를 맞으면서 시구문 밖 김 서방네 행랑방까지 가지 않으면 안 되었다. 가제나 덕실덕실 끓는 식구 틈에 끼여서 하룻밤의 폐를 끼쳤다. - 고 하여도 불과 두어 시간의 폐일 것이다. - 막 한잠 자려고 드러누웠을 때에는 벌써 날이 훤히 새었었으니까.

이렇게 하여 나는 무엇이 씌었던지 하룻밤에 두 번씩이나 도깨비인지 귀신한테 혼이 났다. 사실 몇 해 수는 감하였을 것이다. 그러나 대체 누구를 원망하면 좋았으리요? 술 먹고 늑장을 댄 나 자신일까, 노숙하지 않으면 아니 된 나의 운명일까, 혹은 도깨비나 귀신 그것일까, 그렇지 않으면 그 외의 무엇일까……

나는 이제야 겨우 이중의 어느 것을 원망하는 것이 마땅하다는 것을 똑똑히 깨달았다. 어떻든 유령 이야기는 이만이다. 하나 참 이야기는 이로부터다.

잠 못 자 곤한 것도 무릅쓰고 나는 열심으로 일을 하였다. 비는 어느 결에 개었는지 또 푹푹 내리쬐는 태양 아래에서 시멘트 가루를 보얗게 뒤집어쓰고 줄줄 흐르는 땀에 젖어 가면서.

그러는 동안에도 나는 전날 밤에 당한 무서운 경험을 머릿속으로 되풀이하여 보지 않을 수 없었다. 도깨비면 도깨빈가 보다 하고만 생각하여 두면 그만이었지마는 그래도 그것을 그렇게 단순하게 썩 닦아 버릴 수는 없었다.

'대체 원 도깨비가……'

하고 요리조리로 무한히 생각하였다. 하나 아무리 한다 하더라도 결국 나에게는 풀지 못할 수수께끼에 지내지 못하였다.

하는 수 없이 나는 점심시간을 타서 친구들에게 그 이야기를 하였다. 모두들 적지 않은 흥미를 가지고 들었다.

"머 도깨비?"

이 층 꼭대기서 시멘트를 갖다 주고 내려온 맹꽁이 유 서방은 등에 메었던 통을 내려놓기도 전에 눈을 휘둥그렇게 떴다.

"내가 있었더라면 그까짓 걸 그저……."

벤또를 박박 긁던 달냉이(덜렁이) 최 서방은 이렇게 뽐냈다.

그러나 가장 침착하게 담배를 푸푸 피던 대머리 박 서방만은 그다지 신통치 않은 듯이,

"그래, 그것한테 그렇게 혼이 났단 말인가……. 딴은 왕눈이 따우니까."

하면서 밉지 않게 싱글싱글 웃으면서 김 서방과 나를 등분으로 건너보았다. 그리고

"도깨비 도깨비 해두 나같이 밤마다야 보겠나."

하고 빨던 담배를 툭툭 떨더니 이야기를 꺼냈다.

"바로 우리 집 옆에 빈집이 하나 있네. 지금 있는 행랑에 든 지가 몇 달 안 되어 모르긴 모르겠으나 어떻게 된 놈의 집이 원 사람이 들었던 집인지 안 들었던 집인지 벽은 다 떨어지구 문짝

하나 없단 말이야."

"그런데 그 빈집에 말일세."

여기서 박 서방은 소리를 한층 높였다.

"저녁을 먹구 인제 골목쟁이를 거닐지 않겠나! 그러면 그때 일세. 별안간 고요하던 빈집에 불이 하나씩 둘씩 꺼졌다 켜졌다 하겠지. 그것이 진 서방(나를 가리켜 하는 말이다.) 말마따나 무엇을 찾는 듯이 슬슬 기다 꺼지고 꺼졌단 또 생긴단 말이야. 그런데 그런 불이 차차 늘어가겠지. 그리곤 무언지 지껄지껄하는 소리가 나자 한쪽에서는 돈을 세는지 은 방망이로 장난을 하는지 절꺽절꺽하다간 또 무엇을 먹는지 쭉쭉 하는 소리까지 들리데. 그나 그뿐인가. 어떤 날은 저희끼리 싸움을 하는지 씨름을 하는지 후당탕퉁탕 하면서 욕지거리 웃음소리 참 야단이지. 그러다가두 밤중만 되면 고요해지지만 그때면 또 별 해괴망칙한 소리가 다 들려오데."

박 서방은 여기서 말을 문득 끊더니,

"어때 재미들 있나?"

하고 좌중을 둘러보면서 싱글싱글 웃었다.

"정말이유 그게?"

웅크리고 앉았던 달냉이 최 서방은 겨우 숨을 크게 쉬면서 눈을 까불까불하였다.

"그럼 정말 아니구. 내가 그래 자네들을 데리구 실없는 소리를 하겠나?"

하면서 박 서방은 말을 이었다.

"하나 너무 속지들은 말게. 그런 도깨비는 비단 그 빈집에나 진 서방들 혼난 데만 있는 것이 아닐세. 우선 밤에 동관이나 혹은 종묘께만 가 보게. 시끌시끌할 테니."

나의 도깨비 이야기를 하여 의심을 풀려던 나는 박 서방의 도깨비 이야기로 하여 그 의심을 더 한층 높였을 따름이었다. 더구나 뼈 있는 그의 말과 뜻있는 듯한 그의 웃음은 더 한층 알지 못할 수수께끼였다.

"그럼 대체 그 도깨비가 무엇이란 말이유?"

"내가 이 자리에서 말할 것 없이 자네가 오늘 저녁에 또 한 번 가서 찬찬히 살펴보게. 그러면 모든 것이 얼음장같이……"

할 때에 박 서방의 곁에 시커먼 것이 나타났다.

"무슨 얘기했소?"

일인 감독의 일할 시간이 왔다는 것을 고하는 듯한 소리였다.

"오소오소, 일이나 해야지."

모두들 툭툭 털고 일어났다.

나도 하는 수 없이 박 서방에게 더 캐묻지도 못하고 자리를 일어나서 나 맡은 일터로 갔다.

그날 저녁이다.

결국 나는 또 한 번 거기를 가 보기로 작정하였다. 물론 김 서방은 뺑소니를 치고 나 혼자다. 뻔히 도깨비가 있는 줄 알면서 또 가기는 사실 속이 켕겼다. 하나 또 모든 의심을 풀어 버리고 그 진상을 알랴 하는 나의 욕망은 크면 컸지 결코 적지는 않았다. 나는 장차 닥쳐올 모험에 가슴을 벌떡이면서 발에다 용기를 주었다.

"그까짓 거 여차하면 이걸로."

하고 손에 든 몽둥이 ─ 나는 만일의 경우를 염려하여 몽둥이 하나를 준비하였던 것이다. ─ 를 번쩍 들 때에 나는 저절로 흘러나오는 미소를 금할 수 없었다. 도깨비를 정복하러 가는 유령장군같이도 생각되어서. 사실 한다 하는 ○자 놈들이면 몰라도 무엇을 못 먹겠다고 하필 가난뱅이 노숙자들을 못살게 굴고 위협과 불안을 주는 유령을 정복하여 버리는 것은 사실 뜻있고도 용맹스런 사업일 것이라고 나는 생각하였다.

어떻든 장차 닥쳐올 모험에 가슴을 벌떡이면서 발에다 용기를 주었다.

어두워 가는 황혼 속에 음침한 동묘는 여전히 우중충하였다.

좀 이르다고 생각하였으나 나오기를 기다리면 되지 하고 제멋대로 후둑후둑 뛰는 가슴을 가라앉히고 아직도 열려 있는 대문을 서슴지 않고 들어섰다.

중문을 들어서 정전 앞으로 몇 발짝 걸어갔을 때이다.

전날 밤에 나타났던 정전 옆 바로 그 자리에 협수룩하게 산발한 두 개의 그림자가 있었다. 그러나 나는 벌써 어리석은 전날 밤의 나는 아니었다.

"원 요런 놈의 도깨비가……."

몽둥이를 번쩍 들고 사실 장군다운 담을 가지고 나는 그 자리까지 달려갔다.

하나!

나의 손에서는 만신의 힘이 맺혔던 몽둥이가 힘없이 굴러 떨어졌다. …유령 장군이 금시에 미치광이 광대 새끼로 변하여 버렸던 것이다.

"원 이런 놈의……."

틀림없던 도깨비가 순식간에 두 모자의 거지로 변하다니! 이런 기막힌 일이 어디 있단 말인가.

다음 순간 그 무엇을 번쩍 돌려 생각한 나는 또다시 몽둥이를 번쩍 들었다.

"요게 정말 도깨비 장난이란 거야?"

하나 도깨비란 소리에 영문을 모르는 두 모자는 손을 모으고 썩썩 빌었다.

"아이구, 왜 이럽니까?"

이건 틀림없는 사람의 목소리였다.

"나가라면 그저 나가라든지, 그래 이 병신을 죽이렵니까. 감히 못 들어올 덴 줄은 알면서도 할 수 없이……."

눈물겨운 목소리로 이렇게 사죄를 하면서 여인네는 일어나려고 무한히 애를 썼다. 어린애는 울면서 그를 붙들었다.

역시 광대에 지나지 못한 나는 너무도 경홀한 나의 행동을 꾸짖고 겨우 입을 열었다.

"아니우, 앉아 계시우. 나는 고작해야 아무것두 아니니……."

"네?"

모자는 안심한 듯한 동시에 감사에 넘치는 눈으로 나를 쳐다보았다.

"어젯밤에 여기에 아무것도 나오지 않았소?"

무어가 무언지 분간할 수 없는 나는 이렇게 물었다.

"네? 나오다니요? 아무것두 나오지는 않았습니다. 그리고 단지 우리 모자밖에는 여기 아무것도 없었습니다."

여인네는 어사무사하여서 이렇게 대답하였다.

"그럼 대체 그 불은?"

나는 그래도 속으로 의심하면서 주위로 눈을 휘둘렀다.

"무슨 일이나 생겼습니까. 정말 저이들밖에는 아무것두 없었습니다. 그리구 저이는 저지른 것두 없습니다. 밤중은 돼서 다리가 하두 아프길래 약을 바르려고 찾으니 생전 있어야지유. 그래 그것을 찾누라구 성냥 한 갑을 다 꺼내 버린 일밖에는 아무 것두 없었습니다."

하고 여인네는 한쪽 다리를 홀떡 걷었다. 그리고 눈물이 그 다리 위에 뚝뚝 떨어지기 시작하였다.

나는 모든 것이 얼음장 풀리듯이 해득하기는 하였으나 여기서 또한 참혹한 그림을 보지 않으면 안 되었다. 그의 홀떡 걷은 한편 다리! 그야말로 눈으로는 차마 보지 못할 것이었다. 발목은 끊어져 달아나고 장딴지는 나무 개피같이 마르고 채 아물지 않은 자리가 시퍼렇게 질려 있었다.

"그놈의 원수의 자동차……. 그나마 얻어먹지 못하게 이렇게 병신을 맨들어 놓고……."

여인네는 울음에 느끼기 시작하였다.

"자동차에요?"

"네. 공원 앞에서 그놈의 자동차에……."

나는 문득 어슴푸레한 나의 기억의 한 귀퉁이를 번개같이 되풀이하였다.

달포 전.

어느 날 밤이었다.

그날도 나는 이유 없이 – 가 아니라 바로 말하면 바람 쏘이러 밤 장안을 헤매고 있었다. 장안의 여름밤은 아름다웠다.

낮 동안에 이글이글 타는 해에 익은 몸뚱이에 여름밤은 둘 없이 고마운 선물이었다. 여름의 장안 백성들에게는 욱신욱신한 거리를 고무풍선같이 떠나 다니는 파라솔이 있고 땀 들어주는 선풍기가 있고 타는 목을 식혀 주는 맥주 거품이 있고 은접시에 담긴 아이스크림이 있다. 그리고 또 산 차고 물 맑은 피서지 삼방이 있고 석왕사가 있고 인천이 있고 원산이 있다. 그러나 그런 것은 꿈에도 못 보는 나에게는 머루 달빛 같은 밤하늘만 치어다보아도 차디찬 얼음 냄새가 흘러오는 듯하였다. 이것만 하더라도 밤 장안을 헤매는 것은 무의미한 일은 아니었다. 게다가 무엇보다도 거리 위에 낮 거미 새끼같이 흩어진 계집의 얼굴은 사뤄 분 냄새만 맡을 수 있는 것만 하여도 사실 밤 장안에 헤매는 값은 훌륭히 될 것이었다.

그러나 장안의 여름밤은 아름다운 꿈으로만 생각하는 것은 큰 실수이다. 거기에는 생활의 무거운 짐이 있다. 잔칫집 마당같이 들볶아 치는 야시에는 하루면 스물네 시간의 끊임없는 생활의 지긋지긋한 그림이 벌여져 있었다. 거기에는 낮과 다름없이 역시 부르짖음이 있고 싸움이 있고 땀이 있었다.

그러나 아무튼지 간에 가슴을 씻어 주는 시원한 맛이 싫은 것은 아니었다. 여름밤은 아름다웠다. 그런고로 나는 공원 앞 큰 행길 앞에 사람이 파도를 일으키면서 요란히 수물거리는 것을 구태여 볼 것 없이 술김에 얼근한 주객이나 야시의 음악가 깽깽이 타는 친구를 둘러싸고 있는 것이려니 생각하고,

"흥, 여름밤이니까!"

혼자 중얼거리면서 무심코 그곳을 지나려 하였다.

그러나 사람들의 수물거리는 품이 주정꾼이나 혹은 깽깽이꾼의 경우와는 달랐다. 그리고 무엇보다도

노자 노자

젊어 노자

먹구 마시구

만판 노자

하는 주객의 노래는 안 들렸다. 그렇다고 밤 사람을 취하게 하는 아름다운 깽깽이 노래도 들려오지는 않았다.

"그러문 대체……."

나의 발길은 부지중에 그리로 향하였다.

"머? 겨우 요술꾼 약장수야?"

나는 거의 실망에 가까운 어조로 이렇게 중얼거리고 대수롭

지 않은 듯이 발길을 돌이키려 할 때이다. 사람들의 수물거리는 틈으로 나는 무서운 것을 보았다.

군중의 숲에 싸여서 안 보이던 한 채의 자동차와 그 밑에 깔린 여인네 하나를 보았다. 바퀴 밑에는 선혈이 암리(피, 땀, 물 따위가 흘러 떨어지는 모양)하고 그 옆에는 거지 아이 하나가 목을 놓고 울면서 쓰러져 있었다.

"자동차 안에는"

하고 보니 아니나 다를까 불량배와 기생년들이 그득하였다.

"오라질 연놈들!"

"자동찰 타니 신이 나서 사람까지 치니?"

"원 끔찍두 해라."

이런 말마디를 주우면서 나는 어느 결에 그 자리를 밀려져 나왔었다.

"그래, 당신이 그……."

나는 되풀이하던 기억의 끝을 문득 돌려 이렇게 물었다.

"네, 그렇답니다. 달포 전에 원수의 자동차에 치어 병원엔지 무엔지를 끌구 가니 생전 저 어린것이 보구 싶어 견딜 수 있어야지유. 그래 한 달두 채 못돼 되루 나오지 않았어요. 그랬더니 이놈의 다리가 또 아프기 시작해서 배길 수 있어야지유. 다리만 성하문야 그래두 돌아댕기면서 얻어먹을 수는 있지만……."

여인네는 차마 더 볼 수 없는 다리를 두 손으로 만지면서 울음에 느꼈다.

나는 그의 과거를 더 캐물으려고도 하지 않았다. 아니 묻지 않아도 그의 대답은 뻔한 것이었다.

"집이 원래 가난했습니다. 게다가 남편이 죽구 나니……."

비록 이런 대답은 안 할지라도 그 운명이 그 운명이지 무슨 더 행복스런 과거를 찾아낼 수 있었으리요.

나는 눈에 어느 결엔지 눈물이 그득히 고였었다. '동정은 우월감의 반쪽'일는지 아닐는지는 모른다. 하나 나는 나도 모르는 동안에 주머니 속에 든 대로의 돈을 모다 움켜서 뚝 떨어지는 눈물과 같이 그의 손에 쥐어 주었다. 그리고는 아무 말 없이 부리나케 그 자리를 뛰어나왔었다.

이야기는 이만이다.

독자여, 이만하면 유령의 정체를 똑똑히 알았겠지. 사실 나도 이제는 동대문이나 동관이나 종묘나 또 박 서방 말한 빈 집터에 더 가 볼 것 없이 박 서방의 뼈 있는 말과 뜻있던 웃음을 명백히 이해하였다. 그리고 나는 모두 나와 같은 운명을 가진 애무한 친구들을 유령으로 생각하고 어리석게 군 나를 실컷 웃어도 보고 뉘우쳐 보기도 하였다.

독자여, 머? 그래도 유령이라구? 그래, 그럼 유령이라구 해두자. 그렇게 말하면 사실 유령일 것일 것이다. 살기는 살았어도 기실 죽어 있는 셈이니! 어떻든 유령이라고 해 두고, 독자여 생각하여 보아라. 이 서울 안에 그런 유령이 얼마나 많이 늘어 가는가를! 늘어 간다고 하면 말이다. 또 되풀이하는 것 같지만 첫 페이지로 돌아가서,

어슴푸레한 저녁 몇 리를 걸어도 사람의 그림자 하나 찾아볼 수 없는 무인지경인 산골짝 비탈길의 여우의 밥이 다 되어 버린 해골덩이가 똘똘 구르는 무덤 옆 혹은 비가 축축이 뿌리는 버덩의 다 쓰러져 가는 물레방앗간 또 혹은 몇 백 년이나 묵은 듯한 우중충한 늪가!

거기에 흔히 나타나는 유령이 적어도 문명의 도시인 서울에 오히려 꺼림 없이 나타나고 또 서울이 나날이 커 가고 번창할수록 유령도 거기에 정비례하여 늘어 가니 이게 무슨 뼈저린 현상이냐! 그리고 그 얼마나 비논리적 마술적 아지 못할 사실이냐! 맹랑하고도 기막힌 일이다. 두말할 것 없이 이런 비논리적 유령은 결코 있어서는 안 될 것이다. 그러면 어떻게 하면 유령을 늘지 못하게 하고 아니 근본적으로 생기지 못하게 할 것인가?

현명한 독자여! 무엇을 주저하는가. 이 중하고도 큰 문제는 독자의 자각과 지혜와 힘을 기다리고 있지 않은가!

약령기

해가 쪼이면서도 바다에서는 안개가 흘러온다. 헌칠한 벌판에 얕게 깔려 살금살금 기어 오는 자줏빛 안개는 마치 그 무슨 동물과도 같다. 안개를 입은 교장 관사의 푸른 지붕이 딴 세상의 것같이 바라보인다. 실습지가 오늘에는 유난히도 넓어 보이고 안개 속에서 일하는 동물들의 모양이 몹시도 굼뜨다. 능금꽃이 피는 시절임에도 실습복이 떨리리만큼 날씨가 차다.

쇠스랑으로 퇴비를 푹 찍어 올리니 김이 무럭 나며 뜨뜻한 기운이 솟아오른다. 그 속에 발을 묻으니 제법 훈훈한 온기가 몸을 싸고 오른다. 그대로 그 위에 힘없이 풀썩 주저앉았다. 그 속에 전신을 묻고 훈훈한 퇴비 냄새를 실컷 맡고 싶었다.

"너 피곤한가 부구나."

맥없는 학수의 거동을 보던 문오가 학수의 어깨를 치며 그의 쇠스랑을 뺏어 들고 그 대신 목호에 퇴비를 담기 시작했다.

"점심도 안 먹었지."

"……."

"(중략) 배우는 학과의 실험이라면 자그마한 실습지면 그만 이지, 이렇게 넓은 땅을 지을 필요가 있나. (중략)"

혼잣말같이 중얼거리며 문오는 퇴비를 다 담고 나서,

"자, 이것만 갖다 붓고 그만 쉬지."

학수는 힘없이 일어나서 목호의 한 끝을 메었다.

제삼 가족의 오늘의 실습 배당은 제이 온상(溫床)의 정리였다. 학수는 온상까지 가는 길 한 시간 동안에 나른 목이의 수효를 헤어 보았다. 열일곱 번째였다. 그 사이에 조금이라도 게을리 하여서는 안 되는 것이다. 퇴비를 새로 만드는 온상에 갖다 붓고 나니 마침 휴식의 종이 울린다.

"젖 먹는 힘 든다. 실습만 그만두라면 나는 별일 다 하겠다."

옆에서 새 온상의 터를 파고 있던 삼 학년생이 부삽을 던지고 함정 속에서 뛰어나온다. 그도 점심을 못 먹은 패였다. 흐르는 땀을 손등으로 받아 뿌리면서 물을 켜러 허둥지둥 수도 있는 곳으로 걸어갔다.

학교를 둘러싸고 있는 사면의 실습지 구석구석에 퍼져서 삼백여 명의 생도는 그 종적조차 모르겠더니 휴식 시간이 되니 우줄우줄 모여들어 학교 앞의 수도를 둘러싸고 금시에 활기를 띠었다.

온상을 맡은 가족은 그곳으로 가는 사람이 적고, 대개 그 자리에 주저앉아 땀을 들였다. 학수도 문오도 ― 같은 사 학년인 두 사람은 각별히 친밀한 사이였다. ― 떨어지지 아니하고 실습복 채로 땅 위에 주저앉았다.

"능금꽃이 피었구나."

확실한 초점 없는 그의 시야 속에 앞밭에 능금나무가 어리었다. 흰 꽃에 차차 시선이 집중되자 능금꽃의 의식이 새삼스럽게 마음속에 떠올랐다.

"아니, 마른 가지에."

보고 있는 동안에 하도 괴이하여서 학수는 일어서서 그곳으로 갔다. 확실히 마른 가지에 꽃이 피어 있다. 그 알 수 없는 힘의 성장을 경탄하고 있을 때에 등 뒤에서 부르는 소리에 그는 뒤로 돌아섰다.

남부 농장에서 실습하던 창구가 온상 옆에 서 있다.

"꽃구경하고 있다."

싱글싱글 웃으며,

"능금꽃 필 때 시집가는 사람은 오죽 좋을까."

괭이자루를 무의미하게 두드리고 앉았던 다른 동무가 문득 생각난 듯이,

"아, 참. 금옥이가 쉬이 시집간다지."

창구가 맞장구를 치며,

"마을의 자랑거리가 또 하나 없어지는구나. 두헌이가 ○으로 넘어갔을 때 우리는 마을의 자랑거리를 또 하나 잃었더니 이제 우리는 마을의 명물을 또 하나 잃어버리는구나. 물동이 이고 울타리 안으로 사라지는 민출한 자태도 더 볼 수 없겠지."

"신랑은 ○○ 사는 쌀장수라지. 금옥이네도 가난하던 차에 밥은 굶지 않겠군."

"우리도 섭섭하지만 정 두고 지내던 학수 입맛이 어떤가."

싱글싱글 웃으면서 창구는 학수를 바라본다. 빈속에 슬픈 기억이 소생되어 학수는 현기증이 나며 정신이 흐려졌다.

"헛물만 켜고 분하지 않은가? 그러나 가난한 학생에게는 안 준다니 할 수 없지만."

창구의 애꿎은 한마디에 학수는 별안간 아찔하여지며 정신을 잃고 그 자리에 쓰러졌다.

핏기 한 점 없는 해쓱한 얼굴로 뻣뻣하게 쓰러지는 학수를 문오는 날쌔게 달려와서 등 뒤로 붙들었다.

"웬일이냐."

보고 있던 동무들이 우르르 모여들었다.

"가끔 빈혈증을 일으키니."

"주림과 실습과 번민과… 이 속에서 부대끼고야 졸도하기 첩경이지."

그 어느 한편을 부축하려고 가엾은 동무를 둘러싸고 그들은 우줄우줄하였다.

"공연히 실없는 소리를 했더니 야유가 지나쳤나 보다."

창구는 미안한 생각을 금할 수 없어서 몇 번이나 사과하는 듯이 말하면서 문오와 같이 뻣뻣한 학수를 맞들고 숙직실로 향하였다.

다른 가족의 동무들이 의아하여 울레줄레 따라왔다. 감독 선생이 두어 사람 먼 데서 이것을 보고 좇아왔다.

숙직실에 데려다 눕히고 다리를 높이 고였다. 웃통을 활짝 풀어헤치고 물을 축여 가슴을 식히고 있는 동안에, 핏기가 얼굴에 오르면서 차차 피어나기 시작한다. 십 분도 채 못 되어 의사가 달려왔을 때에는 학수는 의식을 회복하고 눈을 떴다. 의사가 따라 주는 포도주를 반 잔쯤 마시고 나니 새 정신이 들었다. 골이 아직 땅하였으나 겸연쩍은 생각에 학수는 벌떡 일어났다.

"겨우 마음 놓았다. 사람을 그렇게 놀래니."

창구는 정말 안심한 듯이 웃으며,

"실없는 말 다시 안 하마."

"감독 선생께 말할 터이니 실습 그만두고 더 누워 있어라."

문오는 학수 혼자 남겨 두고 창구와 같이 실습지로 나갔다.

숙직실에 혼자 남아 있기도 거북하여 학수는 허둥지둥 방을 나와 마음 편한 부란기(孵卵器) 당번실로 갔다.

훈훈한 비인 방에 혼자 누워 있으려니 여러 가지 생각과 정서가 좁은 가슴속을 넘쳐 흘러나왔다.

"병아리만도 못한 신세!"

윗목 우리 속에서 울고 돌아치는 병아리의 무리……. 그보다도 못한 신세라고 학수는 생각하였다.

"병아리에게는 나의 것과 같은 괴로움은 없겠지."

창밖으로는 민출한 버드나무가 내다보였다. 자랄 대로 자라는 밋밋한 버드나무……. 그만도 못한 신세라고 학수는 생각하였다. 아마 생각 없이 순진하게 자라야 할 어린 그에게 너무도 괴로움이 많다. 그 가지가지의 괴로움이 밋밋하게 자라는 그의 혼을 숫제 무지러뜨린다. 기구한 시정에 시달려 기개는 꺾어지고 의지는 찌그러진다. 금옥이……. 서로 정 두고 지내던 그를 잃어버리는 것은 피차에 큰 슬픔이었다. 성 밖 능금밭에서 만나던 밤 금옥이도 울고 그도 울었다. 그러나 학수의 괴로움은 그

틀어지는 사랑의 길뿐이 아니다. 집에 가도 괴롭고 학교에 와도 괴롭고 가난과 부자유, 이것이 가지가지의 괴로움을 낳고 어린 혼의 생장을 짓밟았다.

생각하고 있는 동안에 두 눈에는 더운 것이 넘쳐 흘렀다. 뒤를 이어 자꾸만 흘러왔다. 웬만큼 눈물을 흘리면 몸이 가뿐하여지건만 마음속에서 서리운 검은 구름이 풀리지 않는 이상 눈물은 비 쏟아지듯 무진장으로 흘러내렸다.

흐릿한 눈물 속으로 학수는 실습을 마치고 들어온 문오의 찌그러진 얼굴을 보았다.

"너무 흥분하지 말아라."

어지러운 그의 꼴이 문오의 눈에는 퍽도 딱하였다.

"……금옥이 때문에?"

"보다도 나는 학교가 싫어졌다."

"학교가 싫어진 것은 지금에 시작된 일이냐? 좋아서 학교 오는 사람이 어디 있겠니. 기계가 움직이듯 아무 의지도 없이 맹목적으로 오는 데가 학교야. 그렇다고 학교에 안 오면 별수가 있어야지."

"즐겁게 뛰노는 곳이 아니고 사람을 ○○하는 곳이야."

"흙과 친하라고 말하나 (중략) 흙과 친할 수 있는가."

"어디로든지 먼 곳으로 가고 싶어."

"가서는 어떻게 하게? 지금 세상 가는 곳마다 다 괴롭지. 편한 곳이 어디 있겠니?"

"너무도 괴로우니 말이다."

"가 버리면 집안사람들은 어떻게 하겠니? 꾹 참고 있는 때까지 있어 보자꾸나."

"……."

"오늘 밤에 용걸이한테 놀러나 갈까."

문오는 학수를 데리고 당번실을 나갔다.

아침.

조례 시간에 각 학년 결석 보고가 끝난 후, 교장이 성큼성큼 등단하였다.

엄숙하게 정렬된 삼백여 명의 대열이 일순 긴장하였다. 교장의 설화가 있을 때마다 근심 반 호기심 반의 육백의 눈이 단 위로 집중되는 것이다.

"다달이 주의하는 것이지만……."

깨어진 양철같이 울리는 목소리의 첫마디를 듣는 순간 학수는 넉넉히 그 다음 마디를 짐작할 수 있었다.

"번번이 수업료 미납자가 많아서 회계 처리에 대단히 곤란하다……."

짐작한 대로였다. 다달이 한 번씩 이 말을 들을 때마다 학수는 마치 죄진 사람같이 마음이 우울하였다. 다달이 불과 몇 원 안 되는 금액이지만 가난한 농가의 자제에게는 무거운 짐이었다. 교장의 설유가 있을 때마다, 매 맞는 양같이 마음이 움츠러졌다.

"이번 주일 안으로 안 바치면 단연코 처분할 터이니……."

판에 박은 듯한 늘 듣는 신고이지만 학수의 마음은 아프고 걱정되었다.

종일 동안 마음이 우울하였다.

때도 떳떳이 못 먹는 처지에 그만큼의 돈을 변통할 도리는 도저히 없었다. 달마다 괴롭히는 늙은 아버지의 까맣게 끄스른 꼴을 생각만 하여도 가슴이 저렸다. 가난한 집안을 업고 가기에 소나무같이 구부러진 가련한 꼴이 그림같이 그의 마음속에 들러붙어 떨어지지 않았다. 일 년 동안 공들여 길렀던 돼지는 달포 전에 세금에 졸려 팔았다. 일 년 더 길러 명년 봄에 팔아 감자밭을 몇 고랑 더 화리 맡으려던 아까운 돼지를 하는 수 없이 팔아 버렸다. 그만큼 세금의 재촉이 불같이 심하였던 것이다.

그날 일을 학수는 지금까지도 잘 기억하고 있다. 면소에서는 나중에 면서기가 술기를 끌고 나왔다. 어머니는 그것이 소용없는 일인 줄 알면서도 욕지거리를 하였다. 아버지는 뜰 앞에 앉아 말없이 까만 얼굴에 담배만 푹푹 피웠다. 밥솥을 빼어 실은 술기가 문 앞을 굴러 나갈 때, 어머니는 울 모퉁이까지 따라 나가며 소리를 치며 울었다. 하는 수 없이 아버지는 다음 날 아끼던 돼지를 팔고 밥솥을 찾아내었다. 돼지를 없애고 어머니는 세 때나 밥술을 들지 않았다. 그때 일을 학수는 잊을 수가 없다.

"돼지도 없으니 이달 수업료를 어떻게 하노."

걱정의 반날을 지우고 집에 돌아갔을 때 밭에 나간 아버지는 아직 돌아오지 않았다.

호미를 쥐고 뜰 앞 나물밭을 가꾸고 있는 동안에 아버지가 돌아왔다. 그러나 피곤하여 맥없는 그 꼴을 볼 때 귀찮은 말로 그를 더 괴롭힐 용기가 나지 않았다.

가난한 저녁상을 마주 대하고 앉았을 때, 아버지 쪽에서 무거운 입을 열었다.

"요사이 학교 별 일 없니?"

"늘 한모양이지요."

"공부 열심히 해라. 졸업한 후 직업에라도 속히 붙어야지, 늙은 몸으로 나는 더 집안을 다스려 갈 수 없다."

그것이 너무도 진정의 말이기 때문에 학수는 도리어 적당한 대답을 찾지 못하였다.

"날씨가 고약해서 농사는 올해도 낭패될 것 같다. 비료도 몇 가마니 사서 부어야겠는데 큰일이다. 작년에도 비료를 쳤더니 땅을 버렸다고 최 직장이 야단야단 치는 것을 올해는 빌고 또 빌어서 간신히 한 해 더 얻어 부치게 되지 않았니."

학수는 다시 우울하여져서 중간에서 밥숟갈을 놓아 버렸다.

"암만해도 돼지를 또 한 마리 사서 기를 수밖에는 도리가 없다. 닭을 쳐도 시원치 못하고 그저 돼지밖에는 없어. 학교 돼지 새끼 낳았니?"

아버지는 단 한 사람의 골육인 아들에게 모든 것을 이야기하고 의논했다.

그러나 농사일에 정신없는 아버지 앞에서 학수는 차마 수업료 말을 꺼내지 못하였다. 물을 마시고는 방을 뛰어나갔다.

밤이 이슥하였을 때 학수는 울타리 밖 우물에 물 길러 온 금옥이에게 눈짓하여 성 밖에서 만나기로 하였다.

달이 너무도 밝기에 따로따로 떨어져 학수는 먼저 성 밖으로 나가 능금밭 초막 뒤편에 의지하여 금옥이 나오기를 기다렸다.

보름달이 박덩이같이 희다. 벌판 끝에 바다가 그윽한 파도 소리와 함께 우련한 밤 속에 멀다. 윤곽이 선명한 초막의 그림자가 그 무슨 동물과도 같이 시꺼멓게 능금밭 속까지 뻗혀 있고 그 속에 능금나무가 잎사귀와 꽃이 같은 푸르스름한 빛으로 우뚝 솟아 있다. 달밤의 색채는 반드시 흰빛과 목화빛만이 아니다. 달빛과 밤빛이 짜내는 미묘한 색채…… 자연은 이것을 그 현실의 색채 위에 쓰고 나타난다. 이것은 확실히 현실을 떠난 신비로운 치장이다. 그러나 달밤은 또한 이 신비로운 색채뿐이 아니다. 색채 외에 확실히 일종의 독특한 향기를 품고 있다. 알지 못한 그윽한 향기, 이것이 있기 때문에 달밤은 한층 더 아름다운 것이다. 인류가 태곳적부터 가진 이 낡은 달밤, 낡았다고 빛이 변하는 법 없이 마치 훌륭한 고전(古典)과 같이 언제든지 아름다운 달밤.

그러나 괴롬 많은 학수에게는 이 달밤의 아름다운 모양이 새삼스럽게 의식에 오르지 않았다. 금옥의 생각이 달보다 먼저 섰던 것이다. 만나는 마지막 밤에 다른 생각 다 젖혀 버리고 금옥이를 실컷 생각하고 그 아름답고 안타까운 마지막 기억을 마음속에 곱게 접어 두고 싶었다.

초막 건너편 능금나무 사이에 금옥이가 나타났다. 능금꽃과 같은 빛으로 솟아 보이는 민출한 자태와 달빛에 젖은 오리오리의 머리카락……. 마지막으로 보는 이런 것이 지금까지 본 그 어느 때보다도 한층 더 아름다웠다.

"겨우 빠져 나왔어요."

너무도 밝은 달빛을 꺼리는 듯이 손등으로 얼굴을 가리우고 금옥이는 가까이 왔다.

"요새는 웬일인지 집안사람들이 별로 나의 거동을 살피게 되었어요. 날이 가까웠으니 몸조심하라고 늘 당부하겠지요."

학수는 금옥이의 손을 잡으면서,

"며칠 안 남았군."

"그 소리는 그만두세요."

"그날을 기다리는 생각이 어떻소?"

"놀리는 말씀예요."

"놀리다니, 내가 금옥이를 놀릴 권리가 있나?"

"그렇지 않아도 슬픈 마음을 바늘로 찌르는 셈예요."

"누가 누구의 마음을 찌르는고!"

"팔려 가는 몸을 비웃으려거든 그날이 오기 전에 나를 어떻
게든지 처치해 주세요."

"아아, 어떻게 하면 좋은가! 나같이 힘없고 못생긴 놈이 또 있
을까!"

말도 끝마치기 전에 학수에게는 참고 있던 울음이 탁 터져 나
왔다. 목소리가 높아지며 어린아이 모양으로 엉엉 울었다. 금옥
이의 얼굴도 달빛에 펀적펀적 빛났다.

그는 벌써 아까부터 학수의 눈에 띄지 않게 눈물을 흘리고 있
었던 것이다.

"어떻게든지 처치해 주세요."

느끼는 목소리로 간신히 말하고 얼굴을 학수의 가슴에 푹 파

묻었다. 울음소리가 별안간 높아졌다.

"처치라니. 지금의 나에게 무슨 힘이 있고 수단이 있나? 도망 그것은 이야기 속에서 나오는 일이지 맨주먹의 우리가 어떻게 그것을 하노."

"그것도 할 수 없다면 두 가지 길밖에는 없지요. 불쌍한 집안 사람들의 뜻은 어길 수 없으니 그날을 점잖게 기다리든지, 그렇지 않으면 내 한 목숨을 없애든지⋯⋯."

금옥이의 목소리는 떨렸다. 며칠 동안에 눈에 띄리 만큼 여윈 것이 학수의 손에 다닥치는 그의 얼굴 모습으로 알렸다. 턱이 몹시 얇아지고 손목이 놀라리만큼 가늘어졌다.

"어떻게 하면 좋은고."

학수는 괴로운 심장을 빼내 버린 듯이 몸부림을 쳤다.

"사람의 일이란 될 대로밖에 안 되는 것 같아요. 이것이 우리들이 만나는 마지막이 될는지도 모르지요."

울음 속에서도 금옥의 태도는 부자연스러울만큼 침착하다.

아무 해결도 없는 연극의 막을 닫는 듯이, 달이 구름 속에 숨고 파도 소리가 별안간 요란히 들린다.

눈물에 젖은 금옥이의 치맛자락이 배꽃같이 시들었다.

모든 것을 단념한 후의 무서운 괴로움과 낙망 속에 금옥이의 혼인 날이 가까워 왔다. 능금밭 초막에서 만난 밤 이후, 학수는 금옥이를 만나지 못한 채 그날을 당하였다.

통곡하는 마음을 부둥켜안고 학교에도 갈 생각 없이 그는 아침부터 바닷가로 나갔다. 무슨 심술로인지 공교롭게도 훌륭한 날씨이다. 너무도 찬란히 빛나는 햇빛에 학수는 얼굴을 정면으로 들기가 어려웠다. 하늘하늘 피어난 나뭇잎이 은가루같이 반짝반짝 빛났다. 굵게 모여 와서 깨뜨려지는 파도 조각에 눈이 부셨다. 정어리 냄새와 해초 냄새와 그의 쇠잔한 가슴에는 너무도 센 바다 냄새가 흘러왔다.

포구에는 고깃배가 들어와 사람들의 요란히 떠드는 소리가, 생활의 노래가 멀리 흘러왔다. 사람 자취 없는 물녘에는 다만 햇빛과 바람과 파도 소리가 있을 뿐이다. 끝이 없는 먼 바다의 너무도 진한 빛에 눈동자가 전신이 푸르게 물드는 듯도 하다. 두 다리를 뻗고 앉아서 학수는 모래를 집어 바다에 뿌리면서 금옥이와 같이 물녘에서 놀던 가지가지의 장면을 추억하였다. 뿌리는 모래와 함께 모든 과거를 바다 속에 묻으려는 듯이 이제는 눈물도 없고 울음도 나오지 않았다. 다만 빠직빠직 타는 속에 바닷바람도 오히려 시원찮았다.

주머니 속에 지니고 왔던 하이네의 시집을 집어냈다. 금옥이와 첫사랑을 말할 때 책장이 낡아 버리도록 읽던 하이네를 이제 마지막으로 또 한 번 되풀이하고 싶었다. 그것으로서 슬픈 첫사랑의 막을 내릴 작정이었다.

수없이 사랑의 노래와 실망의 노래……. 아무 실감 없이 읽던 실망의 노래가 지금의 그에게 또렷한 감정을 가지고 가슴속에 울려 왔다. 다음 시에 이르렀을 때 그는 그것을 두 번 세 번 거푸 읽었다. 그것은 곧 학수 자신의 정의 표시요 사랑을 묻은 묘의 비석이었다.

낡아 빠진 노래의 가락가락 음과
마음을 괴롭히는 꿈의 가지가지를
이제 모두 다 장사지내 버리련다.
저 커다란 관을 가져오너라……. 그리고 열두 사람의 장정을
데려오너라.
쾰룬의 절간에 있는
크리스톱 성자의 상보다도 더 굳세인 열두 사람의 장정들.
장정들에게 관을 지워서 바다 속 깊이 갖다 버려라.
이렇게 큰 관을 묻으려면 커다란 묘가 필요할 터이지.

여기에서 그만 슬픔의 결말을 맺고 책을 덮어 버리려다가 그는 시의 힘에 끌리어 더욱더욱 책장을 넘겨 갔다. 낮이 지나고 해가 기울었다. 연지 찍고 눈을 감은 금옥이가 채 밑에서 신랑

과 마주앉아 상을 받고 있을 때였다. 학수는 모래 위에 누운 채 몸도 요동하지 않고 시에 열중하였다.

가느다란 갈대 끝으로 모래 위에 쓰기를,
"아그네스, 나는 너를 사랑하노라?"
그러나 심술궂은 파도가 한바탕 밀려와,
이 아름다운 마음의 고백을 여지없이 지워 버렸다.
약한 갈대여 무른 모래여.
깨어지기 쉬운 파도여. 너희들은 벌써 믿을 수 없구나.
어두워지니 나의 마음 용달음치네.
억세인 손아귀로 노르웨이 숲 속에서
제일 큰 전나무 한 대 잡아 뽑아라.
타오르는 에드나의 화산 속에 담가,
새빨갛게 단 그 위대한 붓으로
어두운 하늘에 줄기차게 써 볼까.
"아그네스, 나는 너를 사랑하노라!"

학수는 두 번 세 번 거듭 여남은 번 이 시를 읽었다. 읽을수록 알지 못할 흥이 솟아나왔다. 아그네스를 금옥으로 고쳤다가 다시 여러 가지 다른 것으로 고쳐 보았다. 그것이 무엇이라고 꼬

집어 말할 수 없는 위대한 감격이 가슴속에 그득히 복받쳐 올라
왔다.

"백두산 꼭대기에 제일 큰 참나무 한 대 뽑아다 이 가슴의 열
정으로 시뻘겋게 달궈 가지고 어두운 하늘에 줄기차게 써 볼까.
그 무엇이여, 나는 너를 사랑하노라!고."

모래를 차고 학수는 벌떡 일어났다. 저물어 가는 바다가 아득
하게 멀고 쉴 새 없이 날아오는 파도 빗발에 축축이 젖었다.

그날 밤에 학수는 며칠 전 문오와 같이 찾아갔던 후로는 다시
만나지 못한 용걸이를 찾아갔다. 오래전에 빌려 온 몇 권의 책
자도 돌려보낼 겸.

독서에 열중하고 있던 용걸이는 책상 앞에서 몸을 돌리고 학
수를 맞이하였다. 좁은 방에는 사면에 각 색표지의 책이 그득히
쌓여 있다. 그 책의 위치가 구름의 좌향같이 자주 변하였다. 책
상 앞에 펴 있는 두꺼운 책의 활자가 아물아물하게 검고 각테
안경 속에 담은 동무의 열정이 시꺼멓게 빛났다. 열정에 빛나는
그 눈. 바다 같은 매력을 가지고 항상 학수의 마음을 끄는 것은
그 눈이었다. 깊고 광채 있고 믿음직한 그 눈이었다. 학교에 안
가도 좋고 눈에 띄게 하는 일 없이 그는 두 눈의 열정을 모아 날
마다 독서에 열중하는 것이 일과였다.

그가 서울에서 쫓겨 고향으로 내려온 지 거의 반년이 넘었다.

근 사 년 동안 어떤 사립 학교에서 공부하다가 작년 가을에 휴교 사건으로 학교를 쫓겨난 후 다시 고향으로 내려온 것이다. 학교를 쫓겨났다고 결코 실망하는 빛없이 도리어 싱싱한 기운에 넘쳐 그는 고향을 찾아왔다. 부끄러워하는 대신에 그에게는 엄연한 자랑의 티조차 있었다. 그 부끄러워하지 않고 겁내는 법 없는 파들파들한 기운에 학수들은 처음에 적지않이 놀랐다.

그들의 어둡고 우울한 마음에 비겨 볼 때 용걸이의 그 파들파들한 기운과 광채는 얼마나 부러운 것이던가. 같은 마을에서 같은 어린 시절을 보낸 그들을 이렇게 다른 두 길로 나누어 놓은 것은 용걸이가 고향을 떠난 사 년 동안의 시간이었다. 사 년 동안에 용걸이는 서울서 무엇을 배우고 무엇을 하고 그의 굳은 신념은 무엇에서 나왔던가를 학수는 문오와 같이 그의 집에 자주 드나드는 동안에 짐작하고 배워 왔다. 마을에서는 용걸이를 위험시하고 각가지의 소문을 내었으나 그는 모든 것을 모르는 체하고 싱싱한 열정으로 공부에 열중하였다. 그 늠름한 태도가 또한 학수들의 마음을 끌고 잡아 흔들었다.

"요사이 번민이 심하지?"

용걸이는 학수의 사정을 대강 알고 그의 괴로움을 짐작할 수 있었다.

"아니 오늘 잔칫날 아닌가?"

다시 생각하고 용걸이는 검은 눈에 광채를 더하여 숭굴숭굴 웃었다.

학수에게 아무 대답이 없으니 용걸이는 웃음을 수습하고 어조를 변하였다.

"그러나 그런 개인적 번민은 누구에게나 한두 가지씩은 다 있는 것이네."

이어서,

"가지가지의 번민을 거치는 동안에 차차 사람이 되지."

경험 많은 노인과 같이 목소리가 침착하고 무겁다.

성공하지 못한 용걸이의 과거의 연애 사건을 학수도 잘 알고 있다. 근 일 년을 넘은 연애가 상대자의 의사와 그 집안의 반대로 깨어지고 말았다. 물론 그들의 반대의 이유가 용걸이의 가난에 있다는 것을 말하지 않아도 확실한 것이었다. 용걸이의 번민은 지금의 학수의 그것과 같이 컸었고 그의 생각에 큰 변동이 생긴 것도 이때부터였다. 그는 이를 갈고 독서에 열중하였다. 그러는 동안에 배척받은 열정을 정신적으로 바칠 다른 큰 것을 발견하였던 것이다.

"개인적 번민보다도 우리에게는 전 인류적 더 큰 번민이 있지 않은가."

드디어 이렇게 말하게까지 된 것이다.

"그러기 때문에 나도 오늘에는 개인적 번민을 청산하고 새로 솟는 위대한 열정을 얻었단 말이네."

하고 학수는 해변에서 느낀 감격이 사라질까를 두려워하는 듯이 흥분한 어조로 그 하루를 해변에서 지낸 이야기와 하이네 시에서 얻은 위대한 감격을 이야기하였다.

"하, 그렇게 훌륭한 시가 있던가? 읽은 지 오래여서 하이네도 이제는 다 잊어버렸군."

하이네의 시를 듣고 용걸이도 새삼스럽게 감탄하였다.

"백두산 꼭대기에서 제일 큰 참나무 한 대 잡아 뽑아다 이 가슴의 열정으로 시뻘겋게 달궈 가지고 어두운 하늘에 줄기차게 써 볼까. 짓밟힌 ○○○이여 나는 너를 사랑하노라!고."

'백두산'의 구절이 조금 편벽된 것 같다고는 하면서도 용걸이는 학수가 고친 이 시의 구절을 두 번 세 번 감동된 목소리로 읊었다.

"용걸이 있나?"

이때에 귀 익은 목소리가 나며 문이 펼떡 열렸다.

들어온 것은 성안의 현규였다.

"현균가?"

학수는 그의 출현을 예측하지 않았기 때문에 오래간만의 그를 반갑게 바라보고 있다.

"공부 잘하나."

현규는 한껏 이렇게 대꾸하면서 학수를 보았다. 그만큼 그들의 관계와 교섭은 그다지 친밀한 것은 못 되었다. 그가 들어왔기 때문에 학수와 용걸이의 회화가 중턱에서 끊어졌고 또 학수가 있기 때문에 용걸이와 현규의 사이도 어울리지 아니하고 서먹서먹한 것 같았다.

현규, 그도 역시 용걸이와 같은 경우에 있었다. 학교를 중도에서 폐한 후로부터는 용걸이와 같은 길을 걷게 되었던 것이다. 두 사람은 자주 만났다. 그러나 그것은 결코 사람들의 눈에 띄지 않게 교묘하게 하였다. 용걸이는 학수를 만나보는 것과는 또 다른 의도와 내용으로 현규와 만나는 것 같았다.

오늘 밤에도 그 무슨 일로 미리 약속하고 현규가 찾아온 것이 확실하리라 생각하고 학수는 그만 자리를 일어섰다.

"그러면 이번에는 이것을 가지고 가서 읽어 보게."

나가는 학수에게 용걸이는 두어 권의 작은 책자를 시렁에서 뽑아 주었다.

기울어지는 반달이 흐릿하게 빛났다.

좁은 방에서 으슥하게 만나는 두 사람의 청년……. 그 뜻 깊은 풍경을 학수는 믿음직하게 마음속에 그렸다.

무슨 새인지, 으슥한 밤중에 숲 속에서 우는 새소리를 들으면서 희미한 밤길을 더끔더끔 걸었다.

이튿날 학수는 수업료 미납으로 정학 처분 중에 있는 줄을 번연히 알면서도 오후부터 학교에 나갔다. 그날 학우회 총회가 있는 것을 안 까닭이다. 학우회에는 기어이 출석할 생각이었다. 예산 편성 등으로 가난한 그들에게 직접 이해 관계가 큰 총회를 철모르는 어린 동무들에게 맡겨 망치고 싶지 않았던 것이다.

실습을 폐하고 총회는 오후부터 즉시 시작되었다. 사월에 열어야 할 총회가 일이 바쁜 까닭에 변칙적으로 오월에 들어가는 수가 많았다.

새로 선 강당은 요란하게 불어 올랐다. 학생들은 하루 동안 실습이 없어진 그 사실만으로 벌써 흥분하고 기뻐하였다.

천장과 벽과 바다의 새 재목 빛에 해가 비쳐 들어와 누렇게 반사하였다. 그 속에 수많은 얼굴들이 떡잎같이 누르칙칙하게 빛났다. 재목 냄새에 강당 안은 금시에 기가 막혔다. 발 벗은 학생이 많았다. 가끔 양말을 신은 사람이 있어도 다 떨어져 발허리만에 걸치고 있는 형편의 것이었다. 냄새가 몹시 났다. 맨발에는 개기름과 땀이 지르르 흘러 무더운 냄새가 파도같이 화끈화끈 넘쳐 밀려왔다.

여러 번 창을 열고 공기를 갈면서 회가 진행되었다.

교장의 사회가 끝난 후에 즉시 각부 예산 편성 결정으로 들어갔다. 학교에서 작성한 예산안 초안을 앞에 놓고 와글와글 떠들기 시작하였다. 부마다 각각 자기의 부를 지키고 한 푼의 예산도 양보하지 않았다. 떠들고 뒤끓으며 별것 아니요 벌 떼의 싸움이었다. 하다못해 공책 한 번 쥐어 본 적 없는 아무 부에도 속하지 않는 중간층의 학생들은 이 부에도 저 부에도 붙지 못하고 중간에서 유동하였다. 두 시간 동안이 지나도 각부의 예산은 결정되지 못하였다.

뒷줄 벤치 위에 숨어 앉은 학수는 무더운 화기에 정신이 얼떨떨하였다. 지지할 만한 또렷한 한 부에 속하지 않은 그는 한마디도 입을 열지 아니하고 싸우는 꼴들을 냉정히 바라보고 있을 뿐이었다. 생각으로는 운동의 각부보다도 변론부, 음악부, 학예부 등을 지지하고 싶었으나 예산 편성이 끝난 후 열을 토하고 ○○○지 않으면 안 될 더 중요한 가지가지의 조목을 위하여 그는 열정의 낭비를 피하고 입을 꾹 다물었다. 해마다 문제되는 스포츠 원정비의 적립을 철저히 반대할 일……. (중략)

이것이 제일 중요한 조목이었다. 다음에 학우회 기본금과 입회금의 적립 반대, 가족 실습의 수입 이익은 가족에게 분배할 일 등등의 일반 학생의 이익을 위하여 싸워 빼앗지 않으면 안 될 여러 가지 조목이 그의 가슴속에 뱅돌고 있었다.

거의 네 시간이 지났을 때에야 겨우 예산이 이럭저럭 결정되고 선수 원정비 시비에 들어갔다.

서울과의 거리가 먼 까닭에 스포츠, 더욱이 정구와 축구의 원정에는 막대한 비용이 들었다. 빈약한 학우 회비만으로는 도저히 지출할 수 없는 까닭에 기왕이면 기부금 등으로 이럭저럭 미봉하여 왔으나, 금년부터는 매월 학우 회비를 특별히 더하여 원정비로 채우려는 설이 학교 당국에서부터 일어났다. 이 제의를 총회에 걸어 그 시비를 결정하자는 것이었다.

교장의 설명이 있은 후 즉시 운동 부장인 ○○이가 직원 좌석에서 일어섰다. 개인개인의 산만한 운동보다도 규율 있는 단체적 스포츠가 필요함을 그는 역설하고 그럼으로써 원정비 적립을 지지하라는 일장의 설화를 하였다.

학생들의 의견도 나기 전에 미리 뭇 의견의 방향을 결정하려는 그 심사가 괘씸하여서 학수는 벌떡 자리에서 일어서서 첫소리를 쳤다.

"지금의 학우회비로서 지출할 수 없다면 원정은 그만두자. 우리들의 처지로 새로이 회비를 더 내서까지 원정을 갈 필요가 있는가?"

회장이 물 뿌린 듯이 고요하다.

어린 학생들은 대개 어떻게 하는 것이 옳은지 몰라 갈팡질팡하는 때가 많다. 그것을 잘 아는 학수는 그들을 바른 방향으로 인도하겠다고 그 자리에서 선 채 말을 이었다.

"지금의 수업료도 과한 가난한 농군의 자식인 우리들에게는 다만 이십 전이 결코 적은 돈이 아니다. 지금의 수업료조차 못 내서 쩔쩔 매면서 이 위에 또 더 바칠 여유가 있는가. 철없는 맹동은 모두들 삼가자!"

그가 앉기가 바쁘게 다른 학년의 축구 선수 한 사람 일어서서 잘 돌아가지 않는 혀로 원정의 필요를 말한 후, 기왕에 원정 가서 얻어 온 우승기, 그것을 영구히 학교의 것으로 만들 작정이니 원정을 후원하라고 거의 애걸하다시피 하였다.

우승기, 이것이 철모르는 눈을 어둡히고 이끄는 것임을 문득 느끼고 학수는 한층 목소리를 높였다.

"그렇게 말하는 너부터 잘 생각해 보아라. 한 사람의 선수를 한 사람의 영웅을 내기 위하여 이 많은 사람이 마음에도 없는 희생을 당하여야 옳단 말이냐. 한 사람의 선수가 우리에게 무엇을 가져왔나, 우승기? 아무 잇속 없는 한 폭의 허수아비에 지나지 못한다. 학교의 명예? 대체 무엇하는 것이냐. 그따위 명예가 우리에게 무슨 이익을 갖다 주었나. 우승기, 명예는 일종의 허영에 지나지 못하는 것이다. 동무들이 선수 원정을 반대하자! 원정비 적립을 반대하자!"

"옳다!"

"원정비 반대다!"

동의의 소리가 이 구석 저 구석에서 일어났다.

○○이의 얼굴이 붉어지고 직원석이 수물수물 움직였다.

하급생 좌석에서 어린 학생이 일어서서 수물거리는 시선과 주위를 일신에 모았다. 등 뒤에 커다란 조각을 대인 양복을 입은 그는 이마에 빠지지 흐르는 땀을 씻으면서 가느다란 목소리를 내었다.

"실습, 그것이 우리에게는 훌륭한 운동이다. 이외에 무슨 운동이 더 필요한가. 알맞은 체육이면 그만이지 우리에게 그 이상의 기술과 재주는 필요하지 않다. 가난한 우리는 너무도 건강하기 때문에 배가 고픈데 이 위에 더 운동까지 해서 배를 곯릴 것이 있는가?"

허리춤에서 수건을 뽑아서 땀을 씻고 한참 무주무주하다가 걸터앉았다. 그 희극적 효과에 웃음소리가 왁 터져 나왔다. 수물거리는 당 안을 정리하려고 학수는 다시 자리를 일어서서 목소리를 더 한층 높였다.

"옳다. (삼십 자 생략) 괴로워하는 집안사람들을 이 위에 더 괴롭힐 용기가 있는가. 수업료가 며칠 늦으면 담임 선생이 불러들여 학교를 그만두라고 은근히 퇴학을 권유할 때, (이십오 자 생략) 우리는 우리들의 처지를 생각하여야 한다."

같은 형편과 생활에서 나온 절실한 실감이 동무들의 가슴을 뒤집어 흔들었다.

"그렇다."

"원정비 적립을 그만두자."

찬동의 소리가 강당을 들어갈 듯이 요란히 울렸다.

"학수, 학수!"

요란한 가운데에서 별안간 날카로운 고함이 들렸다. 직원 좌석이 어지럽게 동요하고 그 속에서 ○○○이의 성낸 얼굴이 학수를 무섭게 노렸다.

"학수, 너는 당장에 퇴장하여라. 수업료도 안 내고 가만히 와서 총회에 출석할 권리가 없다."

(이백 줄 생략)

그는 아무 일도 안 일어났던 듯이 시치미를 떼고 천연스럽게 집으로 돌아갔다.

정주에서 어머니가 뛰어나왔다.

"학수야."

끄슬은 얼굴과 심상치 않은 목소리에 학수는 당황한 어머니를 보았다.

"학수야, 금옥이가……."

어머니는 달려와서 그의 옷자락을 붙들었다.

"금옥이가……."

어머니의 눈에 그렁그렁하는 눈물을 보고 학수는 놀라서,

"금옥이가 어떻게 했단 말예요?"

"떠났단다."

"예?"

"바다에 빠져서."

"금옥이가 죽었단 말예요? 금옥이가……."

"대체 어떻게 된 노릇이냐. 혼일날 종일 네 이름만 부르더니 밤중에 신방을 도망해 나갔단다."

"그래 지금 어디 있나요? 지금 어디."

"금옥이네 집안 식구들은 지금 모두 바다에 몰려가 있다. 아까 포구 사람이 달려와서 시체를 건졌다고 전했단다. 지금 모두 해변에 몰려가 있다."

"바다…… 금옥이."

학수는 엉겁결에 허둥지둥 뛰어나갔다. 바다로 향하여 오 리나 되는 길을 줄달음쳤다. 며칠 전에 학수가 사랑을 잊으려 하이네를 읽으며 하루를 보낸 바로 그 자리를 금옥이는 마지막의 장소로 골랐던 것이다. 가지가지의 추억을 가진 그곳을 특별히 고른 그 애처로운 마음을 학수는 더 한층 슬피 여겼다.

물녘에는 통곡 소리가 흘렀다. 집안사람들은 시체를 둘러싸

고 가슴을 뜯으며 어지럽게 울었다.

얼굴을 가리운 시체……. 보기에는 참혹한 것이었다. 사람의 몸이 아니라 물통이었다. 입에서는 샘솟듯 물이 흘러 나왔다. 혼인날 입은 새 복색 그대로였다. 바다에서 올린 지 얼마 안 되는지 전신에서 물이 지어서 흘렀다. 그 자리만 모래가 축축이 젖어 있다.

미칠 듯한 심사였다.

학수는 달려들어 그 자리에 푹 쓰러졌다. 수건을 벗기고 얼굴을 보았다. 물에 씻긴 연지의 자리가 이지러진 얼굴에 불그스레하게 퍼져 있다. 흡뜬 흰 눈이 원망하는 듯이 학수를 보았다.

"금옥이……."

얼굴이 돌같이 차다.

"왜 이리 빨리 갔소."

가슴이 터질 듯이 더워지며 눈물이 솟았다.

"학수. 어쩌자고 이렇게 해 놓았소."

금옥이의 어머니가 원망하는 듯이 학수를 보며 들고 있던 한 장의 사진을 주었다.

"학수의 사진을 품고 죽을 줄이야 꿈에야 생각했겠소."

받아 보니 언제인가 박아 준 그의 사진이었다. 학수 대신에 영혼 없는 사진을 품고 간 것이다.

겉장을 벗기니 물에 젖어 피어난 글씨가 흐릿하게 읽혔다.

학수. 나는 가오. 태산같이 막힌 골짜기에서 나는 제일 쉬운 이 길을 취하였소. 당신에게만 정을 바친 채 맑은 몸으로 나는 가오. 혼자 간다고 결코 당신을 원망하지 않으리다. 공부 잘해서 가난한 집안을 구하시오.

"결국 내가 못난 탓이지……. 그러나 이렇게 쉽게 갈 줄이야 몰랐소."

학수는 시체를 무릎 위에 얹고 차디찬 얼굴을 어루만졌다.

"금옥아, 학수 왔다. 금옥아. 눈을 떠라."

어머니는 마주앉아서 찬 수족을 만지면서 몸을 전후로 요동하며 울었다.

"학수. 생사람을 잡았으니 어쩌란 말이요. 그러면 그렇다고 혼인 전에 진작 말이나 해 주었드면 좋지 않았겠소? 금옥이가 갔으니 어떻게 하면 좋소."

통곡의 소리가 학수의 뼛속을 살근살근 갈아 내는 듯하였다.

"집으로 데리고 갑시다."

학수는 눈물을 수습하고 일어났다.

"금옥아, 이 꼴을 하고 집으로 다시 들어오려고 나갔더냐?"

금옥이의 아버지가 시체를 일으켰다.

"내가 업지요."

들것에 메우기가 너무나도 가엾어서 학수는 시체를 등에 업었다.

돌같이 무거웠다. 중량밖에는 아무 감각이 없는 무감동한 육체였다. 똑똑 떨어지는 물이 모래 위와 길 위에 줄을 그었다.

조그만 행렬이 길 위에 뻗쳤다.

어두워 가는 벌판에 통곡 소리가 처량히 울렸다.

짧은 그의 생애가 너무도 기구하여서 학수는 금옥이의 옆을 떠나지 않고 그를 지켰다.

피어오르는 향불의 향기……. 일전에 능금밭에서 마지막으로 만났을 때 맡은 달밤의 향기와 너무도 뼈저린 대조였다.

촛불에 녹은 초가 눈물과 같이 흘러내렸다.

금옥이의 장삿날이 왔다.

진한 안개가 잔뜩 끼어 외로이 가는 어린 혼과도 같이 슬픈 날이었다.

너무도 짧은 장사의 행렬이었다. 빨리 간 그의 청춘과도 같이 너무도 짧은, 시집에서 배반하고 나간 그의 혼을 끝까지 돌보지 아니하였고 장례는 전부 친가에서 서둘러 하였다.

상여 뒤에는 학수가 서고 그 뒤에 집안사람들이 따라 섰다.

짧은 행렬이 건듯하면 안개 속에 사라지려 하였다.

외로운 영혼을 남몰래 고이 장사 지내 버리려는 듯이.

앞에서 울리는 요령 소리조차 안개 속에 마디마디 사라져 버렸다.

학수의 속눈썹에도 안개가 진하게 맺혀 눈물과 함께 흘러내렸다.

어린 초목의 잎이 요령 소리에 떨리는 듯이 안개 속에서 가늘게 흔들렸다.

산모퉁이를 돌아 행렬은 산골짜기로 들어갔다.

묘지까지 이르렀을 때 상여는 슬픔과 안개에 푹 젖었다.

주검을 묻는 것이 첫 경험인 학수에게는 그것이 너무도 끔찍한 짓같이 생각되어 뼈를 긁어내는 듯한 느낌이었다.

젖은 흙 속에 살이 묻혀지는 것이다. 사람의 의식(儀式)으로 이보다 더 참혹한 것이 있는가. 퍼붓는 눈물이 흙을 적시었다.

"너도 같이 가거라."

학수는 지니고 있던 하이네 시집을, 해변에 금옥이를 생각하며 읽던 그 시집을 금옥이의 관 위에 던졌다. 금옥이를 보내는 마지막 선물로 그의 관 위에 뿌려 줄 꽃 대신으로 생전에 같이 읽던 노래를 던져 주었다. 그것은 동시에 그의 슬픈 과거를 영영 장사 지내 버리는 셈도 되었다. 그는 장사 지내는 하이네 시집 속에서 백두산 꼭대기에서 제일 큰 참나무 한 대를 뽑아 위대한 열정을 얻은 것과 같이 금옥이의 죽음에서도 슬픔만이 온 것이 아니라 말할 수 없는 일종의 힘이 솟아 나왔다.

"그대의 혼을 지키면서 나는 나의 힘이 진할 때까지 일하고 싸워 보겠다."

시집과 관이 흙 속에 완전히 사라졌을 때에 학수는 그 위에 다시 흙을 뿌리며 피의 눈물과 말의 슬픔으로 그 조그만 묘를 다졌다.

어느덧 황혼이 짙어 안개가 더 깊었다.

"나도 떠나겠다."

어느 때까지 울어도 슬픔은 새로워질 뿐이지 한이 없었다.

학수는 시에서 얻은 열정과 죽음에서 얻은 힘을 가지고 묘 앞을 떠났다.

그러나 뒷걸음하여 마을길로 돌아서지 아니하고 고개를 향하여 앞으로 앞으로 걸음을 떼어 놓았다.

"어디로 가요?"

금옥이네 식구들이 물었다.

"고개 너머 먼 곳으로 가겠소."

"먼 곳이라."

"이곳에서 무엇을 바라고 살겠소."

대답하고 학수는 속으로 혼자 중얼거렸다.

"용걸이가 걸은 길을 밟도록 먼 곳에 가서 길을 닦겠소이다."

그들과 작별하고 학수는 고개로 향하였다.

고개 너머 정거장에서 기차를 타고 어디로든지 향할 작정이었다.

"어디로? 너무도 막연하다. 그러나 항상 막연한 데서 일은 열리고 시작되는 것이 아닌가. 막연한 모험과 비약, 이것이 없이 큰일을 할 수 있는가."

고개 위에 올라서니 거리가 내려다 보이고 그 속에 정거장이 짐작되었다.

"아버지는? 집안사람은?"

고향을 이별하는 마지막 순간에 그에게는 여러 가지의 생각이 한꺼번에 솟아올랐다.

"내가 학교를 충실히 다닌다고 아버지와 집안을 근본적으로 건질 수 있을까? 차라리 이제 가서 장래의 큰길을 닦는 것만 같지 못하다."

중얼거리며 주먹을 지긋이 쥐었다.

"아버지여, 금옥이여, 문오들이여. 고향이여. 다 잘 있으오. 더 장한 얼굴로 다시 만날 날이 있으오리."

눈물을 뿌리고 학수는 고향을 등졌다. 한 걸음 두 걸음 고개를 걸어 내려가는 그의 마음속에서는 결심이 한층 더 새로워질 뿐이었다.

수탉

을손은 요사이 울적한 마음에 닭 시중도 게을리하게 되었다. 그 알뜰히 기르던 닭들이 도무지 눈에도 들지 않으며 마음을 당기지 못하였다. 모이는새로에 끌 앞을 어른거리는 꼴을 보면 나뭇개비를 집어 들게 되었다. 치우지 않은 우리 속은 지저분하기 짝 없다. 두 마리를 팔면 한 달 수업료가 된다. 우리 안의 수효가 차차 줄어짐이 그다지 애틋한 것은 아니었다. 도리어 제때 자기 운명을 못 가지고 우리 안을 헤매는 한 달 동안의 운명을 벗어난 두 마리의 꼴이 눈에 거슬렸다. 학교에 안 가는 그 한 달 수업료가 늘려진 것이다.

그 두 마리 중에서는 못난 한 마리의 수탉 – 가장 초라한 꼴이었다. 허울이 변변치 못한 위에 이웃집 닭들과 싸우면 판판이 졌다. 물어 뜯긴 맨드라미에는 언제 보아도 피가 새로이 흘러 있다. 거적눈인 데다 한쪽 다리를 전다. 죽지의 깃이 가지런하지 못하고 꼬리조차 짧았다. 어떤 때면 암탉에게까지 쫓겼다. 수탉 구실을 못하는 수탉이 보기에도 민망하였으나 요사이 와서는 민망한 정도를 넘어 보기 싫은 것이었다. 더구나 한 달의 운명을 우리 안에 더 붙이게 된 것이 을손에게는 밉살스럽고 흉측하게 보일 뿐이었다.

학교에 못 가는 마음이 몹시 답답하였다.

능금을 따고 낙원을 쫓기운 것은 전설이나 능금을 따다 학원을 쫓기운 것은 현실이다.

농장의 능금은 금단의 과실이었다.

을손은 그 율칙을 어긴 것이다.

동무들의 꼬임에 빠졌다기보다도 을손 자신이 능금의 유혹에 빠졌던 것이다. 능금은 사치한 욕망이 아니다. 필요한 식욕이었다.

당번은 다섯 명이었다. 누에를 다 올린 후이라 별로 할 일이 한가하였던 것이 일을 저지른 시초일는지도 모른다.

잡담으로 자정이 되기를 기다렸다가 일제히 방을 나가 어둠 속에 몸을 감추고 과수원의 철망을 넘었다.

먹다 남은 것을 아궁지 속에 넣은 것은 감쪽같았으나 마지막 한 개를 방구석 뽕잎 속에 간직한 것이 실책이었다.

이튿날 아침 과수원 속의 발자취가 문제되었을 때 공교롭게 뽕잎 속의 그 한 개가 발견되었다.

수색의 길은 빠하다. 간밤의 다섯 명의 당번이 차례로 반 담임 앞에 불리게 되었다.

굳게 언약을 해 놓고서도 어느 때나 마찬가지로 그 어디로부터인지 교묘하게 부서진다. 약한 한 사람의 동무의 입에서 기어이 실토가 된 모양이었다. 한 사람씩 거듭 불려 들어갔다.

두 번째 호출이 시작되었을 때 을손은 괴상한 곳에 있었다.

몸이 무거워 그곳에 들어간 것이 아니라 얼마 동안의 귀찮은 시선을 피하려 일부러 그런 곳을 고른 것이었다.

한 사람이 들어가 간신히 웅크리고 앉았을 만한 네모진 그 좁은 공간, 거북스럽기는 하여도 가장 마음 편한 곳도 그곳이었다. 그곳에 앉았으면 마치 바닷물 속에 잠겨 있는 것과도 같이 몸이 거뿐한 까닭이었다.

밖 운동장에서는 동무들이 지껄이는 소리, 웃음소리, 닫는 소리에 섞여 공 구르는 가벼운 소리가 쉴 새 없이 흘러와 몸은 그 즐거운 소리를 타고 뜬 것 같다.

을손은 현재 취조를 받고 있을 당번의 동무들과 자신의 형편조차 잊어버리고 유유히 주머니 속에서 담배를 한 개 집어내서 불을 붙였다. 실상인즉 담배도 능금과 같이 금단의 것이었으나 규칙을 어김은 인류의 조상이 끼쳐 준 아름다운 공덕이다. 더구나 그곳에서 한 모금 피우기란 무상의 기쁨이라고 을손은 생각하는 것이었다.

이것도 그곳의 특이한 풍속으로 벽에는 옷을 입지 않을 때의 남녀의 원시적 자태가 유치한 필치로 낙서되어 있다. 간단한 선 서투른 그림이면서도 그것은 일종의 기쁨이었다.

을손도 알 수 없는 유혹을 받아 주머니 속에서 무딘 연필을 찾아 향기로운 연기를 길게 뿜으면서 상상을 기울여 그림을 그리기 시작하였다.

능금을 먹은 위에 담배를 피우며 낙서를 하며, '위반'을 거듭하는 동안에 을손은 문득 학교가 싫은 생각이 불현듯이 들었고, 가령 학교에서 능금을 딴 제자를 문초한 교사가 일단 집에 돌아갔을 때 이웃집 밭의 능금을 딴 어린 아들을 무슨 방법으로 처벌할 것이며 그 자신의 능금을 따던 소년 시대를 추억할 때 어떤 감상과 반성이 생길 것인가. 또 혹은 학교에서 절제의 미덕을 가르치는 교사 자신이 불의의 정욕에 빠졌을 때 그 경우는 어떻게 설명하여야 옳은 것인가……. 마치 십계명을 설교하는 목사 자신이 간음의 죄에 신음하는 것과도 흡사할 경우를.

가깝게 생각하여 특수한 과학과 기술을 배워야 그것을 이용할 자신의 농토조차 없는 편이 아닌가.

변변치 못하다. 초라하다.

잔다란 보수를 바라 이 굴욕을 받는 것보다는 차라리 좁고 거북한 굴레를 벗어나 아무 데로나 넓은 세상으로 뛰고 싶다.

을손의 생각은 고삐를 놓은 말같이 그칠 바를 몰랐다.

아마도 오래된 듯하다.

하학 종소리가 어지럽게 울렸다.

이튿날 아버지는 단벌의 나들이 두루마기를 입고 학교에 불리었다.

무기정학의 처분이었다.

아버지는 어안이 벙벙한 모양이었다. 정든 아들을 매질할 수도 없었으므로.

을손은 우리 안의 닭을 모조리 홀두드려 팔아 가지고 내빼고 싶은 생각이 불같이 났으나 그것도 할 수 없어 빈손으로 집을 떠났다.

이웃 고을을 헤매다가 사흘 만에 다시 집으로 돌아왔다.

밭일도 거들 맥없어 며칠은 천치같이 보낼 수밖에 없었다.

우리 안의 닭의 무리가 눈에 나 보였다. 가운데서도 못난 수

닭의 꼴은 한층 초라하다. 고추장에 밥을 비벼 먹여도 이웃집 닭에게 지는 가련한 신세가 보기에도 안타까웠다.

못난 수탉, 내 꼴이 아닌가. 을손은 화가 버럭 났다.

한가한 판이라 복녀와는 자주 만날 수 있는 처지였으나 겸연쩍은 마음에 도리어 주저되었다.

을손의 처분을 복녀는 확실히 좋게 여기지 않는 눈치였다.

복녀는 의지의 여자였다. 반 년 동안의 원잠종 제조소의 견습생 강습을 마친 터이라 오는 봄부터는 면의 잠업 지도생으로 나갈 처지였다. 건듯하면 게을리 되는 을손의 공부를 권하여 주고 매질하여 주는 복녀였다. 학교를 마치면 맞들고 벌자는 언약이었으나 을손의 이번 실수가 복녀를 실망시킬 것은 확실하였다. 무능한 사내, 복녀에게 이같이 의미 없는 것은 없었다.

하루 저녁 복녀를 찾았을 때 을손에게 모든 것이 확적히 알려졌다.

나온 것은 복녀가 아니요 복녀의 어머니였다.

"앞으론 출입도 피차에 잦지 못하게 될 것을 생각하니 섭섭하기 그지없네."

뜻을 잘 몰라 우두커니 서 있으려니 복녀의 어머니는 말을 이었다.

"기어이 알맞은 사람을 구해 봤네."

천근 같은 무쇠가 등골을 내리쳤다.

"조합에 얌전한 사람이 있다기에 더 캐지도 않고 작정하여 버렸어."

복녀를 찾아볼 생각도 못 하고 을손은 허전허전 뛰어나왔다.

복녀의 뜻일까, 춘향모의 짓일까.

물을 필요도 없었다.

눈앞이 어둡고 천지가 헐어지는 것 같았다.

며칠 동안은 눈에 아무것도 어리지 않았다.

앙상한 밤송이 같은 현실.

한 달이 넘어도 학교에서는 복교 통지도 없다.

저녁때였다.

닭이 우리 안에 들어 각각 잠자리를 차지하였을 때 마을 갔던 수탉이 어슬어슬 돌아왔다. 또 싸운 모양이었다.

찢어진 맨드라미에는 피가 생생하고 퉁겨진 죽지의 깃이 거꾸로 뻗쳤다.

다리를 저는 것은 일반이나 걸어오는 방향이 단정치 못하다. 자세히 보니 눈이 한쪽 찌그러진 것이었다. 감긴 눈으로 피가 흘러 털을 물들였다.

참혹한 꼴이었다.

측은한 생각은 금시에 미움의 감정으로 변하였다. 을손은 불같이 화가 버럭 났다.

'그 꼴을 하고 살아서는 무엇해.'

살기를 띤 손이 부르르 떨렸다. 손에 잡히는 것을 되구 말구 닭에게 던졌다.

공칙하게도(공교롭게도 일이 잘못 되다.) 명중되어 순간 다리를 뻗고 푸덕거리는 꼴에서 을손은 시선을 피해 버렸다.

끊었다 이었다 하는 가엾은 비명이 을손의 오장을 뒤흔들어 놓는 듯하였다.

분녀

1

우리도 없는 농장에 아닌 때 웬일인가들 의아하게 여기고 있는 동안에 집채 같은 도야지(돼지)는 헛간 앞을 지나 묘포 밭으로 달아온다. 산도야지 같기도 하고 마바리 같기도 하여 보통 도야지는 아닌 데다가 뒤미처 난데없는 호개 한 마리가 거위영장같이 껑충대고 쫓아오니 도야지는 불심지가 올라 갈팡질팡 밭 위로 우겨든다. 풀 뽑던 동무들은 간담이 써늘하여 꽁무니가 빠져라 산지사방으로 달아난다. 허구 많은 지향 다 두고 도야지는 굳이 이쪽을 겨누고 욱박아 오는 것이다.

분녀(粉女)는 기겁을 하고 도망을 하나 아무리 애써도 발이 재게 떨어지지 않는다. 신이 빠지고 허리가 휘는데 엎친 데 덮치기로 공칙히 앞에는 넓은 토벽이 막혀 꼼짝 부득이다.

옆으로 빗빼려고 하는 서슬에 도야지는 앞으로 왈칵 덮친다. 손가락 하나 놀릴 여유도 없다. 육중한 바위 밑에서 금시에 육신이 터지고 사지가 떨어지는 것 같다. 팔을 꼼짝달싹할 수 없고 고함을 치려야 입이 움직이지 않는다.

분녀는 질색하여 눈을 떴다. 허리가 뻐근하며 몸이 통세 난다. 문득 짜장 놀라서 엉겁결에 소리를 치나 소리는 나오지 않는다. 무엇인지 틀어 막히우고 수건으로 자갈을 물려 있지 않은가. 손을 쓰려 하나 눌리었고 다리도 허리도 머리도 전신이 무거운 도야지 밑에 있는 것이다. 몸에 칼이 돋치기 전에는 이 몸도 적을 물리칠 수 없지 않은가.

어둠 속에서도 경풍할 변괴에 부끄러운 생각이 났다. 어머니 앞에서도 보인 법 없는 몸뚱이를 하고 옷으로 덮으려 하나 생각뿐이다. 어머니는, 하고 가까스로 고개를 돌리니 윗목에 누웠고 그 너머로 동생의 코고는 소리가 들린다. 같은 방에 세 사람씩이나 산 넋이 있으면서도 날도적을 들게 하다니 멀건 등신들이라고 원망할 수도 없는 것은 된 낮일에 노그라져서 함빡 단잠에 취하여 있는 것이다. 발로 차서 어머니를 깨우고도 싶으나 발이 닿기에는 동이 떴다.

삼경이 넘었을까, 밤은 막막하다. 열린 문으로는 바람 한술

없고 방 안이나 문밖이 일반으로 까마득하다. 먼 하늘에는 별똥 하나 안 흐른다.

'원망할 것 없다. 둘만 알고 있으면 그만야. 내가 누구든……. 아무에게나 다 마찬가진걸.'

더운 날숨이 이마를 덮는다. 부스럭부스럭하더니 저고리 고름을 올가미지어 매어 주는 눈치다.

간단하고 감쪽같다. 도적은 흔적 없이 '훔칠 것'을 훔치고 능실하고 나가 버렸다.

몸이 풀리자 분녀는 뛰어 일어나 겨우 입봉창을 빼기는 하였으나 파장 후에 소리를 치기도 객쩍다.

대체 웬 녀석인가. 뛰어나가 살폈으나 간 곳 없다. 목소리로 생각해 보아도 알 바 없고 맺혀진 옷고름을 만져 보는 건 뜻 없다. 하늘이 새까맣다. 그 새까만 하늘이 부끄럽고 디딘 땅이 부끄럽고 어두운 밤을 대하기조차 겸연스럽다.

몸이 무시근하다. 우물에서 물을 두어 드레 퍼 올려 얼굴을 씻고 방에 들어가 등잔에 불을 켰다. 어둠 속에서 비밀을 가진 방 안은 밝을 때엔 천연스럽다. 땅 그 어느 한구석이 무지러 떨어졌을 것 같다. 하늘의 별 한 개가 없어졌을 것 같다. 몸뚱이가 한구석 뭉척 이지러진 것 같다. 반쪽 거울을 찾아 들고 얼굴을 비추어 보았다. 코며 입이며 볼이며가 상하지 않고 제대로 있는 것이 도리어 신기하게 여겨졌다. 어차피 와야 할 것이겠지만 그것이 너무도 벼락으로 급작스레 어처구니없게 온 것이 분녀에게는 알 수 없이 겸연스러웠다.

얼굴과 몸을 어루만지며 어머니의 잠든 양을 물끄러미 바라보려니 별안간 소름이 치며 가슴이 떨린다. 무서운 생각이 선뜻들며 어머니를 깨우고 싶다. 그러나 곤한 눈을 멀뚱하게 뜨고 상기된 눈방울로 이쪽을 바라보는 것을 보면 분녀는 딴소리밖엔 못하였다.

"새까맣게 흐린 품이 천둥하고 비 올 것 같으우."

묘포 감독 박추의 짓일까. 데설데설하며 엄부렁한 품이 아무 짓인들 못할 것 같지 않다. 계집아이들 틈에 끼여 인부로 오는 명준의 짓일까. 눈질이 영매스러운 것이 보통 아이는 아니나 워낙 집안이 억판인 까닭에 일껏 들어간 중등학교도 중도에서 퇴학하고 묘포 인부로 오는 것이 가엾긴 하다. 그러나 그라고 터놓고 을러멨다고 하면 응낙할 수 있었을까. 군청 급사 섭춘이나 아닐까. 한길에서도 소락소락 말을 거는 쥐알 봉수. 그 초라니라면 치가 떨려 어떻게 하나.

잠을 설궂혀 버린 분녀는 고시랑고시랑 생각에 밤을 샜다. 이튿날은 공교로이 궂은 까닭에 비를 칭탈하고 일을 쉬고 다음 날

비로소 묘포로 나갔다. 같은 생각이 머릿속에 뱅돌아 사람을 만나기가 여간 겸연쩍지 않다. 사람마다 기연미연 혐의를 걸어 보기란 면난스런 일이었다.

하늘이 제대로 개고 땅이 이지러지지 않은 것이 차라리 시뻐스럽다. 천지는 사람의 일신의 괴변쯤은 익지 않은 과실이 벌레에게 긁히운 것만큼도 대수롭게 여기지 않는 모양이다. 하긴 다행이지 몸의 변고가 일일이 하늘에 비치어진다면 기분이, 순야, 옥녀, 모든 동무들에게 그것이 알려질 것이요 그들의 내정도 역시 속 뽑히울 것이다. 이런 생각이 들자 별안간 그들은 대체 성할까 하는 의심이 불현듯이 솟아오르며 천연스러운 얼굴들이 능청스럽게 엿보였다.

박추와 명준에게만은 속내를 들리운 것 같아서 고개가 바로 쳐들리지 않았다. 다시 살펴도 가잠나룻이 듬성한 검센 박추, 거드름부리는 들대 밑. 이 녀석한테 당하였다면 이 몸을 어쩌노. 잠자코 풀 뽑는 무죽한 명준이, 새침한 몸집 어느 구석에 그런 부락부락한 힘이 들어 있을꼬. 사람은 외양으론 알 수 없다. 마치 그것이 명준이요 적어도 명준이었으면 하는 듯이 이렇게 생각은 하나 면상과 눈치로는 그가 근지 누가 근지 도무지 거니챌 수 없다. 이러다가 평생 그 사람을 모르고 지나지나 않을까.

맡은 이랑의 풀을 뽑고 난 명준은 감독의 분부로 이깔 포기에 뿌릴 약재를 풀어 무자위로 치기 시작하였다. 한 손으로 물을 뿜으며 다른 손으로 물줄기를 흔들다가 고무줄이 빗나가는 서슬에 푸른 약물이 옥녀의 낯짝을 쏘았다. 옥녀는 기겁을 하여 농인 줄만 알고,

"저 녀석 얼뜨기같이 해 가지고 요새 무슨 곡절이 있어."

하고 쏘아붙인다.

명준은 픽 웃으며 마침 손이 빈 분녀에게 고무줄을 쥐어 주고 뿌려 주기를 청하였다. 두 사람이 자연스럽게 한 무자위로 협력하게 되자 옥녀는 더 말이 없었다.

통의 것을 다 쳤을 때 다시 물을 길을 양으로 분녀는 명준의 뒤를 따라 도랑으로 내려갔다. 도랑은 풀이 가리어 밭에서 보이지는 않는다. 명준은 손가락으로 물탕을 치며 낯이 부드럽다.

"일하기 싫지 않니?"

대번에 농조로,

"너 어떤 놈에게로 시집가련. 박추한테라도."

"미친 것 다따가."

"시집갔니, 안 갔니?"

관자놀이가 금시에 빨개진 것을 민망히 여겨 곧 뒤를 이었다.

"평생 시집 안 갈 테냐?"

"망할 녀석."

"난 이 고장에서 없어지겠다. 살 재미없어. 계집애들 틈에 끼여 일하기도 낯없다. 일한대야 부모를 살릴 수 없고 잡단 세금도 못 물어 드잡이를 당하는 판이 아니냐. 이까짓 고향 고맙잖어. 만주로 가겠다. 돌아다니며 금광이나 얻어 보련다. 엄청난 소리지. 그러나 사람의 운수를 알 수 있니?"

"정말 가겠니?"

"안 가고 무슨 수 있니? 이까짓 쭉쟁이 땅 파야 소용 있나. 거기도 하늘 밑이니 사람이 살지 설마 짐승만 살겠니."

물을 나르고 다시 도랑으로 내려왔을 때 명준은 다따가 분녀의 팔을 잡았다.

"금덩이를 지고 올 때까지 나를 기다려 주련?"

눈앞에 찰락거리는 명준의 옷고름이 새삼스럽게 눈에 뜨이자 분녀는 번개같이 정신이 번쩍 들었다. 끝을 홀쳐맨 고름이 같은 꼴의 제 옷고름과 함께 나란히 드리운 것이다.

"네 짓이었구나."

분녀는 짧게 외치고 고개를 떨어뜨렸다.

"언제까지든지 나를 기다리고 있으련?"

박추의 소리가 나자 두 사람은 날쌔게 떨어져 밭으로 갔다. 분녀는 눈앞이 아찔하며 별안간 현기증이 났다.

그뿐 명준은 다시 묘포밭에 나타나지 않았다. 다음 날도 다음

날도. 며칠 후에 짜장 만주로 내뺐다는 소문이 들렸다. 분녀는
마음이 아득하고 산란하여 일을 쉬는 날이 많았다.

2

분녀는 그렇게 눈떴다.

인생의 고패를 겪은 지 이태에 몸은 활짝 피어 지난 비밀의
자취도 어스레하다. 껍질에 새긴 글자가 나무가 자람에 따라 어
느 결엔지 형적이 사라진 격이다.

이제 아닌 때 별안간 불풍나게 두 번째 경험을 당하려고 하는
자리에 문득 옛 생각이 떠오르지 않을 수 없었다. 흐르는 향기
같이 불시에 전신을 휩싼다. 피가 끓으며 세상이 무섭고 가슴이
두근거리며 손가락이 떨린다. 물동이를 깨뜨린 때와도 같이 겁
이 목줄을 조인다.

대체 어떻게 하여서 또 이 지경에 이르렀나 생각하면 눈앞이
막막하다.

거리에 자주 삐쭉거린 것이 잘못일까. 만갑이에게는 어찌 되
어 이렇게 허름하게 보였을까. 돈도 없으면서 가게에 들어가서
이것저것 탐내는 것부터 틀렸다. 집안이 들구날 판에 든 벌의

옷도 과남한데 단오빔은 다 무엇인가. 돈 있는 사람들의 단오놀이지 가난한 멀떠구니의 아랑곳인가. 이곳 질쑥 저곳 기웃하며 만져 보고 물어보고 눈을 까고 한숨 쉬고 하는 동안에 엉큼한 딴군에게 온전히 깐보이고 감 잡히었다. 만갑이는 가게에 사람이 빈 때를 가늠 보아 미처 겨를 사이도 없게 몸째 덜렁 떠받들어 뒷방에 넣고 안으로 문을 잠근 것이다.

부락스러운 꼴이 사내란 모두 꿈에서 본 도야지요, 엉큼한 날도적이다. 훔친 뒤에는 심드렁하다.

"가지고 싶은 것을 말해 봐……. 무엇이든지 소용되는 대로 줄게."

"욕을 줘도 분수가 있지. 사람을 어떻게 알고 이 수작이야."

분녀는 새삼스럽게 짜증을 내며 보기 좋게 볼을 올려붙였다. 엄청난 짓을 당하면서 심상한 낯을 지닐 수도 없고 그렇게라도 할 수밖엔 없었다.

"미워 그랬나?"

"몰라, 녀석."

쏘아붙이고는 팔로 눈을 받치고 다따가 울기 시작하였다. 사실 눈물도 나왔다. 첫 번에는 겁결에 울기란 생각도 안 나던 것이 지금엔 눈물이 솟는 것이다. 그 무엇을 잃은 것 같다. 다시 찾을 수 없을 것 같다. 안타까운 생각에 몸이 떨린다.

"울긴 왜, 사람은 다 그런 것이야……. 단오에 들 것 한 벌 갖추어 줄게."

머리를 만지다 어깨를 지긋거리면서,

"삽삽하게만 굴면야 이 가게라도 반 나눠 줄걸."

가게에 인기척이 나는 까닭에 분녀는 문득 울음을 그쳤다. 부르다 주인의 대답이 없으니 사람은 나가 버렸다. 만갑이는 급작스럽게 말을 이었다.

"여편네가 중풍으로 마저마저 거꾸러져 가는 판이니 그렇게만 된다면야 나는 분녀를 새로 맞어다 가게를 맡길 작정인데 뜻이 어떤가?"

울면서도 분녀는 은연중 귀를 솔곳하고 있었다.

"잘 생각해 볼 일이야."

듬직이 눌러 놓고 만갑이는 한 걸음 먼저 방을 나갔다. 손님을 보내기가 바쁘게 방문을 빼꼼히 열고 불러냈다.

"이것 넣어 둬."

소매 속에다 무엇인지를 틀어넣어 주는 것이다. 분녀는 어안이 벙벙하였다.

집에 돌아와 소매 갈피를 헤치니 지전 한 장이 떨어졌다. 항용 보던 것보다는 훨씬 넓고 푸르다. 과람한 것을 앞에 놓고 분녀는 적이 마음이 느긋하였다. 군청 관사에 아침저녁으로 식모로 가서 버는 한 달 월급보다 많다. 월급이라야 단돈 4원으로는 한 달 요의 보탬도 못 된다. 화세로 얻어 부치는 몇 뙈기의 밭을 그래도 어머니와 동생이 드세게 극성으로 가꾸는 덕에 제철의 곡식이 요를 도우니 말이지, 그것도 없다면야 분녀의 월급만으로는 코에 바를 나위도 없을 것이다.

윈 곳에 가 있는 오빠가 좀 더 온전하다면 집안이 그처럼도 군색하지는 않으련만 엉망인 집안에 사람조차 망나니여서 이웃 고을 목탄 조합에 가 있어 또박또박 월급 생애를 하면서도 한 푼 이렇다는 법 없었다. 제 처신이나 똑바로 하였으면 걱정이나 없으련만 과당하게 건들거리다 기어이 거덜 나고야 말았다. 늦게 배운 오입에 수입을 탕갈하다 나중에 공금에까지 손찌검을 한 것이다. 탄로되었을 때에는 오백 소수나 감쳐 낸 뒤였다. 즉시 그 고을 경찰에 구금되었다가 검사국으로 넘어간 것은 물론이거니와 신분 보증을 선 종가에 배상액을 빗발같이 청구하므로 종가에서는 펏질 뛰어들어 야기를 부리는 것이다. 집안은 망조를 만난 듯이 스산하고 을씨년스럽다.

불의의 수입을 앞에 놓고 분녀는 엄청나고 대견하였다. 어떻게 했으면 좋을까. 집안일에 보태자니 빚없고 혼잣일에 쓰자니 끔찍하고 불안스럽다. 대체 집안사람들에게는 출처를 어떻게 말하면 좋을까. 관사에서 얻어 내 왔다고 해서 곧이들을까. 가난에 과만은 도리어 무서운 일이다.

왈칵 겁도 났다. 술집 계집이나 하는 짓이 아닌가. 집안사람도 집안사람이려니와 명준에게 상구에게 들 낯이 있는가. 설사 만주에는 가 있다 하더라도 첫 몸을 준 명준이가 아닌가. 그야말로 불시에 금덩이나 짊어지고 오면 어떻게 되노.

그러나 명준이보다도 당장 날마다 만나게 되는 상구에게 대하여서는 어떻게 한단 말인가. 확실히 그를 깔보고 오기는 했다. 그렇기 때문에 벌써 피차에 정을 두고 지낸 지 반년이 넘는데도 몸 하나 까딱 다치지 못하게 하여 왔다.

그 역 몸은 다칠 염도 하지 않았다. 그러나 그는 깔보일 인금인가. 명준이같이 역시 눈질이 보통 재물은 아니다. 학교도 같은 학교나 명준이같이 중도에서 폐학할 처지도 아니요, 그것을 마치고는 서울 가서 웃학교를 치를 생각이라니 그렇게만 된다면야 취직도 한층 높아 고을 학교만을 졸업하고 삼종 훈도로 나가거나 조합 견습생으로 뽑히는 것과는 격이 다르다. 다만 세월이 너무 장구한 것이 지루하다. 지금 학교를 마치재도 이태, 웃학교까지 필함은 어느 천년일까. 그때까지에는 집안은 창이 날 것이다. 몸까지 허락하면 일이 됩데 틀어질 것 같아서 언약만 하여 놓고 손가락 하나 까딱 못하게 한 것이다. 상구 역시 그것을 원하지 않았고 공부에 유난스럽게 힘을 들이는 모양이다. 그러는 동안에 이 꼴이 되고 말았다.

　허랑한 몸으로 상구를 어찌 대하노. 그렇다고 그를 당장에 단념할 신세도 못되고, 지은 죄를 쏟아 놓고 울고 뛸 수는 더욱 없는 것이다.

　생각과 겁과 부끄럼에 분녀는 정신이 섞갈린다.

3

　학교가 바쁜 지 여러 날이나 상구를 만날 수 없다. 눈앞에 면대하지 않으니 겁도 차차 으스러지고 도리어 마음을 허랑하게 만든다.

　실상은 다음 날로라도 곧 가려 하였으나 겸연쩍은 마음에 그럴 수도 없어 며칠은 번졌다. 그날 부랴부랴 그곳을 나오느라고 만갑이 가게에 물건을 잊어 둔 것이다. 물건도 물건 공칙히 손에 걸치는 옷가지인 까닭에 안 찾을 수도 없고, 밤이 이슥하기를 기다려 분녀는 조심스러이 거리로 나갔다.

　한길에는 사람들이 듬성듬성하다. 전과는 달라 한결 조물거리는 마음에 사방을 엿보며 가게로 들어가자 기다리고 있던 듯이 만갑이는 성큼 뛰어나온다.

"올 사람도 없을 듯하군."

밀창을 드르렁드르렁 밀고 휘장을 치고 가게를 닫는 것이다.

"곧 갈 텐데."

"눈어림만 했더니 맞을까."

골방문을 냉큼 열더니 만갑이는 상자를 집어낸다. 덮개를 여니 뾰족한 구두. 새까만 광채에 분녀는 눈이 어립다.

팔을 낚아 쪽마루로 이끈다.

분녀는 반갑기보다도 무섭다.

'그까짓 구두쯤.'

불 하나를 끄니 가게 안은 어둑스레하다.

만갑이는 마루에 걸터앉자 강잉히 팔을 잡아끈다. 뿌리치고 빼다가 전봇대 모서리에서 붙들렸다.

"손가락 겨냥 좀 해 볼까."

우격으로 끌리운다.

마루에 이르기 전에 만갑이는 날쌔게 남은 등불을 마저 죽여버렸다.

어두운 속에서 분녀는 씨름꾼같이 왈칵 쓰러졌다.

더운 날숨이 목덜미를 엄습한다. 굵은 바로 얽어 매인 것같이 몸이 가쁘다.

"미친 것."

즐겨서 들어온 것은 아니나 굳이 거역할 것이 없는 것은 몸이 떨리기는 하나 거듭하는 동안에 마음이 한결 유하여진 것이다. 무엇보다 어둠에는 눈이 없는 까닭에 부끄러운 생각이 덜하다.

별안간 밀창을 흔드는 인기척에 달팽이같이 몸이 움츠러들었다. 시침을 떼려던 만갑이는 요란한 소리에 잠자코 있을 수 없어 소리를 친다.

"천수냐?"

하는 수 없이 문을 여니 천수가,

"야단났어요."

어느 결엔지 들어와서,

"병환이 더해서… 댁에서 곧 들어오시라구요."

"더하다니?"

"풍이 나서 사람을 몰라 봐요."

"곧 갈게, 어서 들어가."

천수가 약빠르게 불을 켜는 바람에 분녀는 별수 없이 어지러운 꼴을 등불 아래 드러냈다.

움츠러들며 외면하였으나 천수의 눈이 등에 와 붙은 것 같다.

"녀석 방정맞게."

만갑이의 호통에보다도 천수는 분녀의 꼴에 더 놀랐다.

이튿날 상구가 왔다.

임시 시험이라고는 칭탈하나 5월도 잡아들지 않았는데 모를 소리였다. 어떻게 그를 만나기는 퍽도 오래간만이다. 거의 하루 건너로 찾아오던 것이 문득 끊어지더니 마침 두 장 도막을 넘긴 것이다. 하기는 전 모양 그 모양 지닌 책보도 전의 것대로였다. 다만 얼굴이 좀 그슬렸고 눈망울이 그 무슨 먼 생각에 멀뚱하다. 필연코 곡절이 있으련만, 그것을 꼬싯꼬싯 묻기에 분녀는 심고를 하며 상구의 말과 눈치가 될 수 있는 대로 자기의 일신의 변화 위에 떨어지지 않도록 발뺌을 하느라고 애를 썼다. 속으로는 상구한테서 정이 벌써 이렇게도 떴나 하고 궁리 다른 제 심정을 아프고 민망하게도 여겼다. 거짓 없는 상구의 입을 쳐다보기도 죄만스럽다.

"시골 학교 재미적다. 서울로나 갈까 생각하는 중이다."

새삼스런 소리에 분녀는 의아한 생각이 나서,

"아무 델 가면 시험 없나? 뚱딴지같이 다따가 서울은 왜?"

"조사가 심해서 책도 맘대로 읽을 수 없어. 책권이나 뺏겼다. 서울 가면 책도 소원대로 읽을 거, 동무도 흔할 거."

"책 책 하니 학교 책이나 보면 됐지, 밤낮 무슨 책이야."

책보를 끌러 활짝 헤치니 교과서 아닌 몇 권의 책이 굴러 나왔다. 영어책도 아니요 수학책도 아니요 그렇다고 소설책도 아닌 불그칙칙한 껍질의 두꺼운 책들이다. 분녀는 전부터도 약간은 상구가 그러스럼한 책을 읽고 있는 것과 그것이 무슨 속인가를 짐작하여 행여나 하는 의심을 품고 오기는 왔다.

"집에 두면 귀찮겠기에 몇 권 추려 가져왔다. 소용될 때까지 간직했다 주렴."

"주제넘게 엉큼한 수작하다 망할 장본이야. 까딱하다 건수, 윤패 꼴 되려구."

"함부로 지껄이지 말어, 쥐뿔도 모르거든."

상구는 눈을 부르댔다.

"너 요새 수상하더라. 태도가 틀렸지."

소리를 치며 책을 냉큼 들어 분녀의 볼을 갈긴다.

"어떻게 알고 그런 주제넘은 대꾸야."

돌리는 얼굴을 또 한 번 갈기다가 문득 고름 끝에 옭아 매인 반지를 보았다.

"웬것야?"

잡아 채이니 고름이 떨어진다. 상구는 금시에 눈이 찢어져 올라가며 불이라도 토할 듯 무섭게 외친다.

"어느 놈팽이를 웃어 붙였니. 개차반. 천보."

머리채가 휘어 잡혔다. 볼이 얼얼하고 이빨이 솟는 듯하나 분녀는 아무 대답 없다. 모처럼의 기회에 차라리 죽지가 꺾이게 실컷 맞고 싶다. 미안한 심사가 약간이라도 풀려질 것 같다.

"숫제 그 손으로 죽여 주었으면."

실토였다. 눈물이 솟는다.

"큰 것 죽이지 네까짓 것 죽이러 생겨났겐."

결착을 내려는 듯 몸째 차 박지르고 상구는 나가 버렸다.

어쩐지 마지막 일만 같아 분녀는 불현듯이 설워지며 공연히 그를 설굿친 것을 뉘우쳤다.

저녁때 밭에서 돌아오기 바쁘게 어머니는 황당하게 설렌다.

"들었니? 상구 말이다."

분녀의 얼굴에는 아직도 눈물 자국이 부숙부숙한 채로다.

"요새 더러 만났니. 이상한 눈치 보이지 않든? 들어갔단다."

"네? 언제요?"

분녀는 눈이 번쩍 뜨인다.

"망간 거리에서 소문 듣고 오는 길이다. 윤패, 건수 들과 한 줄에 달릴 모양이다. 사람일 모르겠다."

"낮쯤 와서 책까지 두고 갔는데요."

"낌새 채고 하직차로 왔었나 보다. 멀건 소소리패들과 휩쓸려 지내더니 아마도 그간 음특한 짓을 꾸민 게야."

"눈치가 이상은 하였으나 그렇게까지 되다니요."

사실 분녀는 거기까지는 어림하지 못하였다. 아까 상구와 끝내 말다툼까지 하다 그의 심사를 설긋하게 된 것도 실상은 그의 말이 전과는 달라 수상하게 나온 까닭이었다.

"녀석들의 언걸 입었거나 그렇지 않으면 철모르고 새롱새롱 덤볐거나 한 게야. 사람은 겉으로 볼 게 아니구먼. 이 일을 어쩌면 좋노."

어머니로서는 공연한 걱정이었다.

"웃학교는 아시당초 틀렸지. 초라니 같은 것. 사람을 잘못 가렸어."

슬그머니 딸을 바라본다. 분녀의 얼굴은 안온한 것도 같고 아득한 것도 같다.

"사람과 생각이 다른 거야 하는 수 없지요."

"넌 어떻게 생각하느냐 말이다. 분하지 않으냐?"

"분하긴요."

먼숙한 얼굴을 은연중 바라보며 어머니는 은근한 목소리로,

"너희들 그간 아무 일 없었니?"

분녀는 부끄러운 뜻에 화끈 얼굴이 달며 착살스런 어머니의 눈초리에서 외면하여 버렸다.

"있었다면 탈이다."

수삽스러운 생각에 어머니가 자리를 뜬 것이 얼마나 시원한지 알 수 없다. 어머니에게 대하여서보다도 애매한 상구에게 대

하여 더 부끄럽다. 일신이 별안간 더럽고 께끔하다.

밤이 늦었을 때 분녀는 골목을 나갔다. 남문 거리에 가서 한 모퉁이에 서기만 하면 웬만한 그날 소식은 거의 귀에 들려온다. 한길 복판 게시판 옆에 두런두런 모여서들 지껄지껄하는 속에서 분녀는 영락없이 상구의 소문을 훔쳐 낼 수 있었다.

건수가 괴수였다. 모여서 글 읽는 패를 모으려다가 들킨 것이다. 학교에서는 상구 외에도 두 사람, 거리에서는 건수와 윤패네 세 사람. 상구가 건수에게서 책을 빌렸을 뿐이나 집을 속속들이 수색당하고 학교에서는 나오는 대로 퇴학을 맞을 것이다.

상구도 이제는 앞길이 글렀구나 생각하면서 분녀는 발을 돌렸다. 이렇게 될 것을 예료하고 그를 숨기고 허랑하게 처신을 하여 온 것 같아 면목 없고 언짢다.

집에 돌아오니 상구의 두고 간 책이 유난스럽게 눈에 뜨인다. 그립기보다도 도리어 책망하는 원혼같이 보여서 쓸어들고 아궁 앞으로 내려갔다.

'차라리 태워 버리는 것이 글거리가 남잖아 피차에 낫지.'

불을 그어 대니 속장부터 부싯부싯 타기 시작한다. 먹과 종이 냄새가 나며 두꺼운 책이 삽시간에 불덩이가 된다. 어두운 부엌 안이 불길에 환하다. 상구와는 영영 작별 같다. 악착한 것 같아 분녀는 눈앞이 어질어질하다.

4

날이 지남에 따라 무겁던 마음도 차차 홀가분하여지고 상구에게 대하여 확실히 심드렁하게 된 것을 분녀는 매정한 탓일까 하고도 생각하였다. 굴레를 벗은 것같이 일신이 개운하다. 매일 곳 없으며 책할 사람 없다고 느끼는 동안에 마음이 활짝 열려 엉뚱한 딴사람으로 변한 것 같다.

어느 날 저녁 느직하게 도야지물을 주고 우리에 의지하여 하염없이 들여다보고 있을 때 문득 은근한 목소리에 주물트리고 돌아서니 삽짝문 어귀에 사람의 꼴이 어뜩하다. 홀태양복을 입고 철 잃은 맥고를 쓴 것이 갈데없는 만갑이다. 혹시 집안사람에게라도 들키면 하고 밖으로 손짓하며 뛰어갔다.

"동문 밖까지 와 줄 텐가. 성 밑에 기다리고 있을게."

만갑은 외면하여 돌아서며 다짜고짜로 부탁이다.

"의논할 일이 있어. 안 오면 낭패야."

대답할 여지도 없게 다짐하고는 얼굴도 똑똑히 보이지 않고 사람의 눈을 피하는 듯이 획 가 버린다. 어둠 속에 달아나는 꼴이 어렴칙하다. 약빠른 꼴이 믿음직은 하나 너무도 급작스러워서 분녀는 미심하게 뒷모양을 바라본다. 여편네 병이 위중한가.

방에 돌아와 망설이다가 행티가 이상한 까닭에 담뽀를 내서

가 보기로 하였다. 물론 그에게는 그만큼 마음이 익은 까닭도 있었다.

동문을 나서니 들판이 까마아득하고 늪이 우중충하다. 오 리 밖 바다가 보이는지 마는지. 달 없는 그믐밤이 금시에 사람을 호릴 듯하다.

길 없는 둔덕으로 들어가 성곽 밑으로 다가서기가 섬찍하고 께름하다. 여우에게 홀리는 것은 이런 밤일까. 여우보다는 사람에게 홀리우는 것이 그래도 낫겠지 하는 생각에 문득 성벽에 납작 붙은 만갑을 발견하였을 때에는 차라리 반가웠다.

사내는 성큼 뛰어와 날쌔게 몸을 끌었다. 무서운 판에 분녀는 뿌듯한 힘이 믿음직하여 애써 겨루려고도 하지 않고 두 팔에 몸을 맡겨 버렸다.

"분녀."

이름을 부를 뿐 다른 말도 없이 급작스레 허리를 죄더니 부락스럽게 밀친다.

"다짜고짜로 개처럼 무어야, 원."

분녀는 세부득 쓰러지면서 계정거리나 어기찬 얼굴이 입을 덮는다. 팔이 떨리며 몸짓이 어색하다.

"말이 소용 있나."

목소리에 분녀는 웅끗하였다.

"녀석 누구야?"

소리를 지르나 입이 막히운다.

"만갑인 줄만 알았니? 어수룩하다."

"못된 것. 각다귀."

손으로 뺨을 하나 올려쳤을 뿐 즉시 눌리어 꼼짝할 수 없다.

"듣지 않을 듯해서 감쪽같이 만갑이로 변했다. 계집을 속이기란 여반장이야. 맥고 쓰고 홀태양복만 입으면 그만이니까."

천수도 사내라 당할 수 없이 빡세다.

"딴은 만갑이와 좋긴 좋구나. 여기까지 나오는 것 보니. 녀석도 여편네는 마저마저 거꾸러지는데 말 아니야. 물건을 낚시 삼아 거리의 계집애들 다 망쳐 놓으니."

천수의 심청은 생각할수록 괘씸하였으나 지난 후에야 자취조차 없으니 하릴없는 노릇이다.

마음속에 담고 있을 뿐 호소할 곳도 없으며 물론 말할 곳도 없다. 그러나 이상하게도 날을 지날수록 괘씸한 마음은 차차 스러져 갔다.

어차피 기구하게 시작된 팔자였다. 명준이 때나 천수 때나 누구인 줄도 모르고 강박으로 몸을 맡겼다. 당초에 몸을 뜯고 울고 하기도 했으나 지금 와 보면 명준이나 천수나 만갑이까지도 다 같다.

기운도 욕심도 감동도 사내란 사내는 다 일반이다. 마치 코가 하나요 팔이 둘인 것같이 뛰어나지 못한 사내도 나은 사내도 없고 몸을 가지고만 아는 한정에서는 그 누구가 굳이 싫은 것도 무서운 것도 없다. 명준에게 준 몸을 만갑에게 못 줄 것 없고 만갑에게 허락한 것을 천수에게 거절할 것이 없다.

다만 부끄러울 뿐이다. 벗은 몸을 본능적으로 가리게 되는 것과 같은 심정으로 그것은 여자의 한 투다.

문만 들어서면 세상의 사내는 다 정답다. 천수를 굳이 괘씸히 여길 것 없다.

분녀는 이렇게까지 생각하게 되었다. 마음이 허랑하여졌다고 할까. 확실히 새 세상을 알기 시작한 후로 심정이 활짝 열리기는 열렸다.

아무리 마음속을 노려보아도 이렇게밖엔 생각할 수 없다. 천수를 안 된 놈이라고만 칭원할 수 없다.

정신이 산란하여 몸이 노곤하다. 살림은 나아지는 법 없고 일반인 데다가 어느 날 또 발등에 불이 떨어졌다. 이웃 고을 재판소에서 검사국으로 넘어갔던 오빠의 재판이 열리는 것이다.

조합 당사자들에게 호출이 왔을 것은 물론이나 경찰에서 참량하여 집에도 통지가 왔다. 들어간 후로는 꼴을 본 지도 하도 오랜 까닭에 어머니만이라도 참례하여 징역으로 넘어가기 전에 단 눈요기만이라도 하였으면 하나 재판을 내일같이 앞두고 기차로 불과 몇 시간이 안 걸리는 곳인데도 골육을 보러 갈 노자가 없는 것이다. 어머니는 딸을, 딸은 어머니를 쳐다만 보며 종일 동안 궁싯거릴 뿐이었다.

생각다 못해 분녀는 밤늦게 거리로 나갔다.

만갑이밖엔 생각나는 것이 없다. 통사정하면 물론 되기는 될 것이다. 말하기가 심히 거북하여서 주저될 뿐이다.

휑드렁한 가게에는 그러나 만갑의 꼴은 보이지 않는다. 구석에 박혀 있던 천수가 빈중빈중 웃으며 나올 뿐이다.

"만갑이 보러 왔니? 온천으로 놀러 갔다."

위인이 없다면 말도 할 수 없기에 얼빠진 것같이 우두커니 섰노라니 천수는 민망한 듯이 덜미를 친다.

"요전 일 노엽니?"

뒤를 이어,

"무슨 일인지 내게 말하렴. 났으니 말이지 만갑이에게 말해도 소용없을 줄이나 알아라. 네게서 벌써 맘 뜬 지 오래야. 요새는 남돗집 월선이와 좋아서 지내는 모양이더라. 여편네 병은 내일내일 하는데."

분녀는 불시에 뒤통수를 얻어맞은 것 같다. 눈앞이 아득하다.

"가게라도 반 떼어 주겠다고 꼬이지 않든? 여편네가 죽으면

후실로 들여 가게를 맡기겠다고 하지 않던? 누구에게든지 하는 소리, 그게 수란다."

기둥을 잃은 것 같다. 몸이 떨린다. 그를 장래까지 믿었던 것은 아니나 너무도 간특스럽게 속힌 셈이다.

"만갑이처럼 능청스럽지는 못하나 네게 무엇을 속이겠니. 무슨 일이든 말하렴. 내 힘엔 부친단 말이냐?"

"아무것도 아니다."

"어떻게 생각할지 모르나 돈이라면 여기 잔돈푼이나 있다. 어떻게 여기지 말고 소용되는 대로 쓰려무나."

천수는 지갑을 내서 통째로 손에 쥐어 준다. 분녀는 알 수 없이 눈물이 솟는다. 예측도 못한 정미에 가슴이 듬뿍해서 도리어 슬프다.

5

어머니는 재판소에 갔다 온 날부터 심화가 나서 누웠다 일어났다 하였다. 홀렁바지를 입고 용수를 쓴 오빠의 꼴이 눈앞에 어른거려 잠을 못 이루는 눈치다. 눈물이 마를 새 없고 눈시울이 부어서 벌개었다. 몇 해 징역이나 될까. 판결이 궁금하다니보다 무섭다. 엄정한 재판장의 모양이 눈에 삼삼하다. 종가에서는 발조차 일절 끊었다.

시산한 속에도 단오가 가까워 온다.

거리 앞 장대에서는 매년같이 시민 운동회가 성대하게 열린다는 바람에 거리 사람들은 설렌다. 일 년에 한 번 오는 이 반가운 명절 때문에 사람들은 사는 보람이 있는 듯하다. 씨름이 있고 그네가 있고 활이 있고 자전거 경주가 있다. 사람들은 철시하고 새 옷 입고 장대로 밀릴 것이다.

분녀는 정황은 못되었으나 그대로 명절이 은은히 기다려진다. 제사 지낼 떡은 못 빚을지라도 만갑에게서 갖추어 얻은 것으로 이럭저럭 몸치장은 될 것이다. 무엇보다도 올에는 그네를 뛰어 상에 들 가망이 있는 것이다.

"자전거 경주에 또 나가 보겠다."

천수가 뽐내는 것을 들으면 분녀도 마음이 뛰놀았다.

"을손이를 지울 만하냐?"

"올에야 설마 짓구땡이지 어디 갈랴구. 우승기 타 들고 거리를 돌게 되면 나와 살겠니?"

"밤낮 살 공론이야."

이렇게 말한 것이 실상에 당일에는 어찌 된 일인지 도무지 신명이 나지 않았다.

못을 박은 듯이 빽빽이 선 사람 틈으로 자전거 경주를 들여다 보고 있노라니 앞장서서 달아나던 천수는 꽁무니를 쫓는 을손과 마주 스치더니 급작스런 모서리를 돌 때 기어코 왈칵 쓰러져 일어나는 동안에는 벌써 맨 뒤에 떨어져 버렸다. 을손의 간악한 계교에 얼 입히었다고 북새를 놓았으나 을손이 벌써 일등을 한 뒤라 공론이 천수에게 이롭지 못하였다. 조마조마 들여다보던 분녀는 낙심이 되어 차례가 와서 그네에 올랐을 때에도 마음이 허전허전하였다.

나조차 마저 실패하면 어쩌노 생각하며 애써 힘을 주어 솟구기 시작하였다.

희뚝거리던 설개도 차차 편편하여지고 두 손아귀의 바도 힘차고 탐탁하게 활같이 휘었다 펴졌다 한다. 그네와 몸이 알맞게 어울려 빨리 닫는 수레를 탄 것같이 유쾌하다. 나갈 때에는 눈앞이 휘연하고 치맛자락이 너볏이 나부낀다. 다리 밑에 울며줄며 선 사람들의 수천의 눈방울이 몸을 따라 왔다 갔다 한다. 하늘에 오를 것 같고 땅을 차지한 것도 같다. 땅 위의 걱정은 어디로 날아간 듯싶다.

바에 달린 줄이 휘엿이 뻗쳐 방울이 딸랑 울릴 때도 얼마 남지 않은 것 같다. 아래에서는 연방 추스르는 말과 힘을 메기는 고함이 들린다. 몸은 펴질 대로 펴지고 일등도 머지않다.

그때였다. 들어왔다 마지막 힘을 불끈 내어 강물같이 후렷이 솟아 나갈 때 벌판으로 달리는 눈동자 속에 문득 맞은편 수풀 속의 요절한 한 점의 광경이 들어왔다. 순간 눈이 새까매지고 허리가 휘친 꺾이우며 힘이 푹 스러지는 것이었다.

'왕가일까?'

추측하며 재차 솟구며 나가 내려다보니 움직이지도 않고 그 대로 서 있는 꼴이 개울 옆 수풀 그늘 아래 완연하다. 그 불측한 녀석은 참다못해 그 자리에 선 것이 아니요, 확실히 일부러 그 꼴을 하고 서서 이쪽을 정신없이 쳐다보는 것이다. 아마도 오랫 동안 그 목적으로 그 짓을 하고 섰던 것이 요행 주의를 끌어 눈 에 뜨인 것이리라. 거리에서 드팀전을 하고 있는 중국인 왕가인 것이다.

'음칙한 것.'

속으로는 혀를 차면서도 이상하게도 한눈이 팔려 분녀는 노 리는 동안에 팽팽하게 당기던 기운이 왈싹 줄어들며 그네가 줄 기 시작하였다. 허리가 꺾이고 다리가 허전하여지더니 다시 힘 을 주려야 줄 수 없다. 팔이 떨려 바가 휘친거리고 발에 맥이 풀 려 설개가 위태스럽다. 벌써 자세가 빗나가고 몸과 그네가 틀리 기 시작하였다. 거의 방울이 마저마저 울리려 하던 폿줄이 옴츠 려들게만 되니 그네는 마지막이요 일등은 날아갔다. 분녀는 아흡 숨음의 공을 한 숨음의 실책으로 단망할 수밖엔 없었다. 줄 아래 사람들은 공중의 비밀은 알 바 없어 혹은 탄식하고 혹은 소리치며 다만 분녀의 못 미치는 재주를 아까워하는 것이다.

이렇게 된 바에야 하고 분녀는 줄어드는 그네 위에서 담대스럽게 녀석을 노려서 물리치려고 하였다. 그러나 이상한 것은 노리는 동안에 그를 물리치기는커녕 이쪽의 자세가 어지러워질 뿐이다. 오금에 맥이 빠지고 나부끼는 치마폭이 부끄럽다.

일종의 유혹이었다. 천여 명 사람 속에서 왕가의 그 꼴을 보고 있는 것은 분녀뿐이다. 말하자면 두 사람은 많은 총중의 눈을 교묘하게 피하여 비밀히 만나고 있는 셈도 된다. 왕가의 간특스런 손짓과 마주치는 분녀의 시선은 말없는 대화인 셈이다. 분녀는 부끄러운 생각에 얼굴이 붉어졌다.

줄에서 내렸을 때까지도 좀체 흥분이 사라지지 않았다.

좀 상에는 들었으나 상보다도 기괴한 생각에 몸이 무덥다.

이 괴변을 누구에게 말하면 좋은가. 혼자만 알고 있는 것이 옳을까 생각하며 천수를 찾았으나 많은 눈 속에서 소락소락 말을 붙일 수도 없어서 집으로 돌아와서야 겨우 기회를 잡았으나 천수는 홧김에 술이 거나하게 취하여 있다.

"개울가로 나오련? 요절할 이야기 들려줄게."

"분해 못 견디겠다, 을손이 녀석."

분녀는 혼자 먼저 나갔으나 시납시납 거닐어도 천수의 꼴이 보이지 않았다. 분김에 을손과 맞붙어 싸우지나 않는가.

양버들 숲을 서성거리는 동안에 어두워졌다. 개울까지 나갔다 다시 수풀께로 돌아오면서 하릴없이 왕가의 생각에도 잠겨본다. 초라한 꼴로 거리에 온 지 5, 6년이나 될까. 처음에는 마병 장사를 하던 것이 차차 늘어 지금에는 드팀전으로도 제일 크다. 실속으로는 거리에서 첫째 부자라는 소리도 있으나 아직도 엄지락 총각의 신세를 면하지 못하여 가끔 술집에 가서는 지전을 물 쓰듯 뿌린다고 한다. 중국 사람은 왜 장가가 늦을까. 여편네가 귀한 탓일까…….

수풀 그늘 속으로 들어가려던 분녀는 기겁을 하고 머물렀다. 제 소리의 범이 있는 것이다. 왕가는 마치 그를 기다리고 있던 것같이 벙글벙글 웃으며 앞에 막아선다. 하기는 낮에 섰던 바로 그 자리이긴 하다. 도깨비에게 홀린 것도 같다.

쭈뼛 솟았던 머리끝이 가라앉기도 전에 몸이 왕가의 팔 안에 있다. 입을 벌리기에는 너무도 어처구니없고 삽시간이라 틈이 없다.

'평생이 이다지도 기구할까.'

분녀는 혼자 앉았을 때 스스로 일신이 돌려 보였다.

수풀 속에서 왕가에게 경박을 당하였을 때 악을 다하여 결었다면 견지 못하였을까. 가령 팔을 물어뜯는다든지 돌을 집어 얼굴을 찧는다든지 하였으면 당장을 모면할 수는 있지 않았던가. 그럼에도 그는 그것을 할 수 없었고 이상한 감동에 몸이 주저들자 기운도 의사도 사라져 버려 그뿐이었다.

마치 당시에는 함빡 술에라도 취하였던 듯싶다.

천수를 대할 꼴도 없다. 하기는 만갑과의 사이를 아는 그가 왕가와의 사이인들 굳이 나무랄 이치도 없기는 하다. 천수는 만갑에게서 그를 빼앗았고 차례로 왕가에게 빼앗긴 셈이다. 몸이란 나루에서 나루로 멋대로 흘러가는 한 척의 배 같다. 하기는 만약 그날 저녁 약속한 천수가 어김없이 개울가로 나와 주었더면 그렇게 신세가 빗나가지는 않았을 것이다.

천수를 한할까, 왕가를 원망할까.

분녀는 길게 한숨지으며 생각에 눈이 흐리멍덩하다. 천수를 한할 바도 못되거니와 왕가를 미워할 수도 없는 것이다.

생각하기도 부끄러운 일이나 사실 왕가는 특별한 인간이었다. 사내 이상의 것이라고 할까. 그로 말미암아 분녀는 완전히 눈을 뜨게 된 것이다.

왕가를 보는 눈이 전과는 갑자기 달라져서 은근히 그가 그리운 날이 있었다. 피가 수물거려 몸이 덥고 골이 띵할 때조차 있다. 그런 때에는 뜰 앞을 저적거리거나 성 밖에 나가 바람을 쏘일 수밖에는 없었다. 그러나 그것만으로는 도무지 몸이 식지 않는 때가 있다.

하룻밤은 성 밖까지 나갔다. 돌아오는 길에 거리를 거쳤다. 눈치를 보아 왕가와 만날 수가 있지나 않을까 하는 속심도 없는 바 아니었다.

두근거리는 마음에 남문을 지날 때 돌연히 천수를 만났다. 조바심하는 탓으로 태도가 드러나 보였는지 천수는 어둠 속으로 소매를 이끌더니 첫마디가 싫은 소리였다.

"요새 꼴이 틀렸군."

영문을 몰라 맞장구를 쳤다.

"꼴이 틀렸다니 눈이 뒤집혔단 말이냐?"

"눈도 뒤집혔는지 모르지."

"무슨 소리냐?"

"요새 환장할 지경이지."

"또 술 취했구나. 을손이한테 지더니 밤낮 술이야."

"어물쩡하게 딴소리 그만둬."

쏘더니 목소리를 갈아,

"사람이 그렇게 헤르면 못 쓴다. 아무리 너기로서니 천덕구니가 되면 마지막이야."

"무엇 말이냐?"

"그래도 시침을 떼니? 왕가와의 짓 말야."

분녀는 뜨끔하여 입이 막혀 버렸다.

"수풀 속에서 본 사람이 있어. 하늘은 속여도 사람의 눈은 못속인다."

따귀를 붙인다. 분녀는 주춤하며 자세가 휘었다.

"다시 그러면 왕가를 찔러서라도 눕힐 테야. 치가 떨려 못 살겠다."

한참이나 잠자코 섰던 분녀는 겨우 입을 열었다.

"너 옷섶이 얼마나 넓으냐? 내가 네게 매였단 말이냐. 왕가와 너와 못하고 나은 것이 무엇 있니?"

6

그 후로 천수와의 사이가 뜬 것은 물론이거니와 분녀에게는 여러 가지 궁리가 많아서 얼마간 거리와 일절 발을 끊었다. 아침저녁으로 관사에 다니는 것도 일부러 궁벽한 딴 길을 골랐다. 관사에서 일하는 이외의 여가는 전부 집에서 보냈다.

빈집을 지키며 울밑 콩 포기도 가꾸고 우물물을 길어 몸도 퍼질 씻고 하는 동안에 열이 식어지고 마음도 차차 잡혔다. 몸이 깨끗하고 정신이 맑은 데다 뜰 앞의 조촐한 화초 포기를 바라보고 있으면 지난 일이 꿈결같이밖에는 생각나지 않는다. 그 무슨 무더운 대병이나 치르고 난 것같이 몸이 거뿐하다. 모든 것이 지나간 꿈이었다면 차라리 다행이겠다고 생각해 보면 머리채를 땋아 내린 몸으로 엄청난 짓을 한 것이 새삼스럽게 뉘우쳐진다. 명준, 만갑, 천수, 왕가. 머릿속에 차례로 떠오르는 환영을 힘써 지워 버리려고 애쓰면서 날을 보냈다.

그러나 사람의 마음처럼 조화 많은 것은 없는 듯하다. 언제까지든지 찬 우물물을 끼얹어 식히고 얼리울 수는 없었다. 견물생심으로 다시 분녀의 마음을 움직이게 한 변괴가 생겼다. 망측스런 꼴이 눈에 불을 붙여 놓았다.

여름의 관사는 까딱하면 개망신처가 되기 쉽다. 문이란 문, 창이란 창은 죄다 열어젖히고 대신에 얇은 발이 치이면 방 안의 변이 새기 맞춤이다. 문이란 벽 속의 비밀을 귀띔하는 입이다. 그 안에 사는 임자가 밤과 낮조차 구별할 주책이 없을 때에 벽은 즐겨 망신 주기를 좋아하는 것 같다.

그날 저녁 무렵은 유난히도 무더웠다. 더우면 사람들은 해변에서나 집 안에서나 옷 벗기를 즐겨 한다. 분녀는 이 역 유난스럽게도 일찍이 부엌일을 마치고는 목욕물을 가늠 보러 목욕간으로 들어갔다. 물줄을 틀어 더운 물을 맞추면서 한결같이 누구보다도 먼저 시원한 물속에 잠겼으면 하는 불측한 생각뿐이었다. 그러나 대체 주인 양주는 이때껏 무엇을 하고 있나 하고 빈지 틈에 눈을 대었다. 이 괴망스러운 짓이 실수였는지도 모른다. 빈지 틈으로는 맞은편 건넌방이 또렷이 보인다. 분녀는 하는 수 없이 방 안의 행사를 일일이 보지 않을 수 없었다.

거의 숨을 죽였다. 피가 솟아 얼굴이 확 단다. 목구멍이 이따금 울린다. 전신의 신경을 살려 두 손을 펴고 도마뱀같이 빈지 위에 납작 붙였다.

수돗물이 쏟아질 대로 쏟아져 목욕통이 넘쳐나는 것도 잊어버리고 분녀는 어느 때까지나 정신없이 빈지에 붙어 앉았다. 더운 김에 서리어서인지 눈에 불이 붙어서인지 몸이 불덩이같이 덥다.

날이 지나도 흥분이 쉽사리 사라지지 않는다.

'그런 세상도 있구나.'

거기에 비하면 지금까지 겪은 세상은 너무도 단순하고 아무것도 아닌, 방 안의 세상이 아니요 문밖 세상 같은 생각이 든다. 가지가지의 경험을 죄진 것같이 여기던 무거운 생각도 어느 결엔지 개어지고 도리어 자연스럽고 그 위에 그 무엇이 부족하였다는 느낌조차 들었다.

관사의 광경은 확실히 커다란 꾀임이었다. 일시 잠자던 것이 다시 깨어나 이번에는 더 큰 힘으로 움직이기 시작하였다. 아무리 우물물을 퍼서 몸에 퍼부어도 쓸데없다. 한시도 침착하게 앉아 있을 수 없이 육신이 마치 신장대 모양으로 설레는 것이다.

만약 그날로 돌연히 상구가 눈앞에 나타나지 않았더면 분녀는 어떻게 일신을 정리하였을까.

요술과도 같이 뜻밖에 상구가 찾아왔다. 들어간 지 거의 달포만이다. 얼굴은 부숭부숭 부었으나 어느 틈엔지 머리까지 깎은 후라 일신은 단정하다. 짜장 반가운 판에 분녀는 조금 수다스럽게 소리를 걸었다.

"고생했구나."

"맞았다! 동무들이 가엾다."

상구는 전과는 사람이 변한 것같이 속도 열리고 말도 걱실걱실 잘 받는 것이 분녀에게는 알 수 없이 반갑다.

"몸이 부은 것 같구나. 거북하지 않으냐?"

"넌 내 생각 안 했니?"

다짜고짜로 몸을 끌어당긴다. 분녀는 굳이 몸을 빼지 않았다.

"이번같이 그리운 때 없다."

"별안간 쌴들한 것 같구나."

핑계 겸 일어서서 분녀는 방문을 닫았다.

상구에게 대한 지금까지의 불만도 뉘우침도 다 잊어버리고 상구의 하는 대로 몸을 맡겼다. 누구보다도 지금에는 상구가 가장 그리운 것이다. 지난날도 앞날도 없고 불붙는 몸에는 지금이 있을 뿐이다. 상구의 입술이 꽃같이 곱다.

다음 날 관사에 나갔을 때에 분녀는 천연스런 양주의 얼굴을 속으로 우습게 여기는 한편 천연스런 자신의 꼴을 한층 더 사특하게 여겼다.

그날 밤도 상구가 오기는 왔으나 간밤같이 기쁜 낯으로가 아니었다. 밤늦게 오면서도 그는 전과 같이 노여운 태도였다. 퉁명스런 목소리였다.

"너를 잘못 알았다."

발을 구르며,

"네까짓 것한테 첫 몸을 준 것이 아까워."

이어,

"짐승 같은 것, 너를 또 찾은 내가 잘못이었지. 그렇게까지 된 줄이야 알았니?"

기어이 볼을 갈겼다.

"소문 다 들었다."

"……."

"굳이 일일이 이름 들 것도 없겠지. 어떻든 난 쉬 떠나겠다."

상구는 말대로 가 버렸다. 차라리 실컷 얻어나 맞았더라면 시원할 것을 더 말도 못 들어 보고 이튿날로 사라졌으니 하릴없다. 서울일까. 사람이란 눈앞에만 안 보이게 되면 왜 이리도 그리운가.

그러나 상구의 실종보다도 더 큰 변이 생기고야 말았다. 마을 갔던 어머니는 황급한 성질에 펄펄 뛰어들더니 손에 몽둥이를 집어 들었다.

"분녀야, 정말이냐?"

분녀에게는 곡절이 번개같이 짐작되었다. 금시에 몸이 녹는 것 같더니 넋 없이 몸뚱이가 허공을 나는 것 같다.

"허구한 곳 다 두고 하필 종가에 가서 이 끔찍한 소문을 듣다니 무슨 망신이냐."

올 때가 왔구나 느끼며 숨을 죽였다.

"일일이 대 봐라, 행실머릴. 이 자리에서."

첫 매가 내렸다.

"만갑이, 천수, 또 누구냐, 대라. 치가 떨려 견딜 수 있나. 몸치장이 수상하더니 기어코 이 꼴이야?"

몰매가 내리기 시작하였다. 분녀는 소같이 잠자코만 있다가 견딜 수 없어서 매를 쥔 팔을 붙들었다. 어머니는 더욱 노여워 할 뿐이다.

"이 고장에 살 수 없다. 차라리 죽어라."

모진 매에 등줄기가 주저 내리는 것 같다. 종아리에서 피가 튄다. 분녀는 하는 수 없이 매를 벗어나서 집을 뛰어나왔다. 목소리는 나지 않고 눈물만이 바짓바짓 솟는다.

바다에라도 빠질까, 목이라도 맬까. 성문을 나서 환장할 듯한 심사에 정신없이 벌판을 달렸다. 큰길을 닫기도 부끄러워 옆길로 들었다. 허전거리다가 밭두둑에 쓰러졌다. 굳이 다시 일어날 맥도 없이 그 자리에 코를 박고 밤 되기를 기다렸다. 바다에까지 나가기도 귀찮아 풀포기에 쓰러진 채 밤을 새웠다.

다음 날도 집에 들어가지 않고 그렇다고 갈 곳도 없어 사람 눈에 안 뜨이게 종일이나 벌판을 헤매다가 밭 속 초막 안에서 잤다. 그런 지 나흘 만에 벌판으로 찾아 헤매는 식구의 눈에 띄어 하는 수 없이 집으로 끌려갔다. 어머니는 때리는 대신에 눈물을 흘렸다.

큰일이나 치르고 난 것 같다. 몸도 가다듬고 마음도 조여졌다. 딴 사람으로 태어난 것 같다. 관사에서 떨어진 후로는 들에 나가 밭일을 거들었다. 거리를 모르게 되고 밭과 친하였다.

여름이 짙어지자 벌써 가을 기색이었다. 들에는 곡식 냄새에 섞여 들깨 향기가 넘쳤다. 들깨 향기는 그윽한 먼 생각을 가져온다. 분녀는 날마다 들깨 향기에 젖어서 집에 돌아왔다.

그런 하룻날 돌연히 낯선 청년이 찾아왔다.

"날 모르겠어?"

아무리 뜯어봐도 알 듯하면서 생각이 미처 들지 않는다.

"명준이야."

듣고 보니 틀림없다. 반갑다. 3년 만인가.

"만주 갔다 오는 길야. 나도 변했지만 분녀도 무던히는 달라졌군."

"금광은 찾았누?"

"금광 대신에 사람 놈이나 때려죽였지."

명준은 빙그레 웃는다. 고생을 하였으련만 그다지 축나지도 않았다. 도리어 몸이 얼마간 인 것 같다.

"고향은 그저 그 모양이군."

분녀는 변화 많은 그의 일신 위에 말이 뻗칠까 봐 날쌔게 말꼬리를 돌렸다.

"어떻게 할 작정인구."

"밭뙈기나 얻어 갈아 볼까. 수틀리면 또 내빼구."

말투가 허황하면서도 듬직하였다. 생각하면 명준은 첫 사람이었었다. 귀찮은 금덩이를 가져오지 않은 것이 차라리 개운하

다. 허락만 한다면 그와나 마음잡고 평생을 같이하여 볼까 하고
분녀는 생각하여 보았다.

산

1

나무하던 손을 쉬고 중실은 발밑에 깨금나무 포기를 들췄다. 지천으로 떨어지는 깨금알이 손안에 오르르 들었다. 익을 대로 익은 제철 열매가 어금니 사이에서 오도독 두 쪽으로 갈라졌다.

돌을 집어던지면 깨금알같이 오도독 깨어질 듯한 맑은 하늘, 물고기 등같이 푸르다. 높게 뜬 조각구름 떼가 해변에 뿌려진 조개껍질같이 유난스럽게도 한편에 옹졸봉졸 몰려들었다. 높은 산등이라 하늘이 가까우련만 마을에서 볼 때와 일반으로 멀다. 구만 리일까, 십만 리일까. 골짜기에서의 생각으로는 산기슭에만 오르면 만져질 듯하던 것이 산허리에 나서면 단번에 구만 리를 내빼는 가을 하늘.

산속의 아침나절은 졸고 있는 짐승같이 막막은 하나 숨결이 은근하다. 휘엿한 산등은 누워 있는 황소의 등어리요, 바람결도 없는데 쉴 새 없이 파르르 나부끼는 사시나무 잎새는 산의 숨소리다. 첫눈에 띄는 하얗게 분장한 자작나무는 산속의 일색. 아무리 단장한대야 사람의 살결이 그렇게 흴 수 있을까. 수뿍 들어선 나무는 마을의 인총보다도 많고 사람의 성보다도 종자가 흔하다. 고요하게 무럭무럭 걱정 없이 잘들 자란다. 산오리나무, 물오리나무, 가락나무, 참나무, 졸참나무, 박달나무, 사스래나무, 떡갈나무, 피나무, 물가리나무, 싸리나무, 고로쇠나무, 골짜기에는 신나무, 아그배나무, 갈매나무, 개옻나무, 엄나무. 산등에 간간이 섞여 어느 때나 푸르고 향기로운 소나무, 잣나무, 전나무, 노간주나무. 걱정 없이 무럭무럭 잘들 자라는 산속은 고요하나 웅성한 아름다운 세상이다.

　과실같이 싱싱한 기운과 향기, 나무 향기, 흙냄새, 하늘 향기, 마을에서는 찾아볼 수 없는 향기다.

　낙엽 속에 파묻혀 앉아 깨금을 알뜰히 바수는 중실은 이제 새삼스럽게 그 향기를 생각하고 나무를 살피고 하늘을 바라보는 것이 아니었다. 그런 것은 한데 합쳐서 몸에 함빡 젖어들어 전신을 가지고 모르는 결에 그것을 느낄 뿐이다. 산과 몸이 빈틈없이 한데 얼린 것이다.

눈에는 어느 결엔지 푸른 하늘이 물들었고 피부에는 산 냄새가 배었다. 바심할 때의 짚북더기보다도 부드러운 나뭇잎 – 여러 자 깊이로 쌓이고 쌓인 깨금잎, 가랑잎, 떡갈잎의 부드러운 보료 – 속에 몸을 파묻고 있으면 몸뚱어리가 마치 땅에서 솟아난 한 포기의 나무와도 같은 느낌이다. 소나무, 참나무, 총중의 한 대의 나무다. 두 발은 뿌리요, 두 팔은 가지다. 살을 베이면 피 대신에 나무진이 흐를 듯하다. 잠자코 섰는 나무들의 주고받는 은근한 말을, 나뭇가지의 고갯짓하는 뜻을, 나뭇잎의 소곤거리는 속셈을, 총중의 한 포기로서 넉넉히 짐작할 수 있다. 해가 쪼일 때에 즐겨하고 바람 불 때 농탕치고 날 흐릴 때 얼굴을 찡그리는 나무들의 풍속과 비밀을 역력히 번역해 낼 수 있다. 몸은 한 포기의 나무다.

별안간 부드득 솟아오르는 힘을 느끼고 중실은 벌떡 뛰어 일어났다. 쭉 펴는 네 활개에 힘이 뻗쳐 금시에 그대로 하늘에라도 오를 듯싶다. 넘치는 힘을 보낼 곳 없어 할 수 없이 입을 크게 벌리고 하늘이 울려라 고함을 쳤다. 땅에서 솟는 산정기의 힘찬 단순한 목소리다.

산이 대답하고 나뭇가지가 고갯짓한다.

또 하나 그 소리에 대답한 것은 맞은편 산허리에서 불시에 푸드득 날아 뜨는 한 자웅의 꿩이었다. 살찐 까투리의 꽁지를 물

고 나는 장끼의 오색 날개가 맑은 하늘에 찬란하게 빛났다.

살진 꿩을 보고 중실은 문득 배가 허출함을 깨달았다. 아래편 골짜기 개울 옆에 간직하여 둔 노루 고기와 가랑잎 새에 싸 둔 개꿀이 있음을 생각하고 다시 낫을 집어 들었다. 첫 참 때까지에는 한 짐을 채워 놓아야 파장되기 전에 읍내에 다다르겠고 팔아 가지고는 어둡기 전에 다시 산으로 돌아와야 할 것이다.

한참 쉰 뒤라 팔에는 기운이 남았다. 버스럭거리는 나뭇잎 소리가 품안에 요란하고 맑은 기운이 몸을 한바탕 먹 감긴 것 같다. 산은 마을보다 몇 갑절 살기 좋은가. 산에 들어오기를 잘했다고 중실은 생각하였다.

2

세상에 머슴살이같이 잇속 적은 생업은 없다.

싸울래 싸운 것이 아니라 김 영감 편에서 투정을 건 셈이다. 지금 와 보면 처음부터 쫓아 낼 의사였던 것이 확실하다. 중실은 머슴 산 지 칠 년에 아무것도 쥔 것 없이 맨주먹으로 살던 집을 쫓겨났다. 원통은 하였으나 애통하지는 않았다.

해마다 사경을 또박또박 받아 본 일 없다. 옷 한 벌 버젓하게 얻어 입은 적 없다. 명절에는 놀이할 돈도 푼푼이 없이 늘 개 보름 쇠듯 하였다. 장가들이고 집 사고 살림을 내준다던 것도 헛소리였다. 첩을 건드렸다는 생뚱 같은 다짐이었으나, 그것은 처음부터 계책한 억지요 졸색의 등글개 따위에는 손댈 염도 없었던 것이다. 빨래하러 갔던 첩과 동구 밖에서 마주쳐 나뭇짐을 지고 앞서고 뒤서서 돌아왔다고 의심받을 법은 없다. 첩과 수상한 놈팽이는 도리어 다른 곳에 있는 것을 애매한 중실에게 엉뚱한 분풀이가 돌아온 셈이었다. 가살스런 첩의 행실을 휘어잡지 못하고 늘그막 판에 속 태우는 영감의 신세가 하기는 가엾기는 하다. 더욱 얼클어질 앞일을 생각하고 중실은 차라리 하직하고 나온 것이었다.

넓은 하늘 밑에서도 갈 곳이 없다. 제일 친한 곳이 늘 나무하러 가던 산이었다. 짚북더기보다도 부드러운 두툼한 나뭇잎의 맛이 생각났다. 그 넓은 세상은 사람을 배반할 것 같지는 않았다. 빈 지게만을 짊어지고 산으로 들어갔다. 그 속에서 얼마 동안이나 견딜 수 있을까가 한 시험도 되었다.

박중골에서도 오 리나 들어간, 마을과 사람과는 인연이 먼 산협이다. 산등이 평퍼짐하고 양지쪽에 해가 잘 쬐고 골짜기에 개울이 흐르고 개울가에 나무 열매가 지천으로 열려 있는 곳이다. 양지쪽에서는 나무하러 왔다 낮잠을 잔 적도 여러 번이었다. 개울가에 불을 피우고 밭에서 뜯어 온 옥수수 이삭을 구웠다. 수풀 속에서 찾은 으름과 나뭇가지에 익어 시든 아그배와 산사로 배가 불렀다. 나뭇잎을 모아 그 속에 푹 파고든 잠자리도 그다지 춥지는 않았다.

이튿날 산을 헤매다가 공교롭게도 주엽나무 가지에 야트막하게 달린 벌집을 찾아냈다. 담배 연기를 피워 벌 떼를 어지러뜨리고 감쪽같이 집을 들어냈다. 속에는 맑은 꿀이 차 있었다. 사람은 살라고 마련인 듯싶다. 꿀은 조금으로도 요기가 되었다. 개와 함께 여러 날 양식이 되었다.

꿀이 다 떨어지지도 않은 그저께 밤에는 맞은편 심산에 산불이 보였다. 백일홍같이 새빨간 불꽃이 어둠 속에 가깝게 솟아올랐다. 낮부터 타기 시작한 것이 밤에 들어가서 겨우 알려진 것이다. 누에에게 먹히는 뽕잎같이 아물아물 헤어지는 것 같으나, 기실은 한 자리에서 아롱아롱 타는 것이었다. 아귀의 혀끝같이 널름거리는 불꽃이 세상에도 아름다웠다. 울밑의 꽃보다도 비단결보다도 무지개보다도 맨드라미보다도 곱고 장하다.

중실은 알 수 없이 신이 나서 몽둥이를 들고 산등을 따라 오르고 골짜기를 건너 불붙는 곳으로 끌려 들어갔다. 가깝게 보이던 것과는 딴판으로 꽤 멀었다. 불은 산등에서 산등으로 둘러붙어 골짜기로 타 내려갔다. 화기가 확확 튀어 가까이 갈 수 없었다. 후끈후끈 무더웠다. 나무뿌리가 탁탁 튀며 땅이 쩅쩅 울렸다. 민출한 자작나무는 가지가지에 불이 피어올라 한 포기의 산호수 같은 불나무로 변하였다. 헛되이 타는 모두가 아까웠다. 중실은 어쩌는 수 없이 몸뚱이를 쓸데없이 휘두르며 불 테두리를 빙빙 돌 뿐이었다. 불은 힘에 부치는 것이었다.

확실히 간 보람은 있었다. 끄슬려진 노루 한 마리를 얻은 것이다. 불 테두리를 뚫고 나오지 못한 노루는 산골짜기에서 뱅뱅 돌다 결국 불벼락을 맞은 것이다. 물론 그것을 얻은 때는 불도 거의 다 탄 새벽이었으나, 외로운 짐승이 몹시 가여웠다. 그러나 이미 죽은 후의 고기라 중실은 그것을 짊어지고 산으로 돌아갔다. 사람을 살리자는 산의 뜻이라고 비위 좋게 생각하면 그만이었다. 여러 날 동안의 흐뭇한 양식이 되었다. 다만 한 가지 그리운 것이 있었다. 짠맛, 소금이었다. 사람은 그립지 않으나 소금이 그리웠다. 그것을 얻자는 생각으로만 마을이 그리웠다.

3

힘이 자라는 데까지 졌다.

이십 리 길을 부지런히 걸으려니 잔등에 땀이 내배었다. 걸음을 따라 나뭇짐이 휘춘휘춘 앞으로 휘었다.

간신히 파장 전에 대었다.

나무를 판 때의 마음이 이날같이 즐거운 적은 없었다.

물건을 산 때의 마음도 이날같이 즐거운 적은 없었다.

그것은 짜장 필요한 물건이기 때문이다.

나무 판 돈으로 중실은 감자 말과 좁쌀 되와 소금과 냄비를 샀다. 산속의 호젓한 살림에는 이것으로써 족하리라고 생각되었다.

목숨을 이어가는 데 해어쯤이 없으면 어떨까도 생각되었다.

올 때보다 짐이 단출하여 지게가 가벼웠다. 거리의 살림은 전과 다름없이 어수선하고 지지부레하였다. 더 나아진 것도 없으려니와 못해진 것도 없다.

술집 골방에서 왁자지껄하고 싸우는 것도 전과 다름없다.

이상스러운 것은 그런 거리의 살림살이가 도무지 마음에 당기지 않는 것이다. 앙상한 사람들의 얼굴이 그다지 그리운 것이 아니었다.

무슨 까닭으로 산이 이렇게도 그리울까. 편벽된 마음을 의심도 하여 보았다. 그러나 별로 이치도 없었다. 덮어놓고 양지쪽이 좋고 자작나무가 눈에 들고 떡갈잎이 마음을 끄는 것이다. 평생 산에서 살도록 태어났는지도 모른다.

김 영감의 그 후의 소식은 물어 낼 필요도 없었으나 거리에서 만난 박 서방 입에서 우연히 한 구절 얻어 듣게 되었다. 병든 등글개 첩은 기어이 김 영감의 눈을 감춰 최 서기와 줄행랑을 놓았다. 종적을 수색 중이나 아직도 오리무중이라고 한다.

사랑방에서 고시랑고시랑 잠을 못 이룰 육십 노인의 꼴이 측은하게 눈에 떠올랐다. 애매한 머슴을 내쫓았음을 뉘우치리라고도 생각되었다. 그러나 중실에게는 물론 다시 살러 들어갈 뜻도 노인을 위로하고 싶은 친절도 가지기 싫었다.

다만 거리의 살림이라는 것이 더 한층 어수선하게 여겨질 뿐이었다.

산으로 향하는 저녁길이 한결 개운하다.

4

개울가에 냄비를 걸고 서투른 솜씨로 지은 저녁을 마쳤을 때에는 밤이 적이 어두웠다.

깊은 하늘에 별이 총총 돋고 초승달이 나뭇가지를 올가미 지웠다.

새들도 깃들이고 바람도 자고 개울물만이 쫄쫄쫄쫄 숨쉰다.

검은 산등은 잠든 황소다.

등걸불이 탁탁 튄다. 나뭇잎 타는 냄새가 몸을 휩싸며 구수하다. 불을 쬐며 담배를 피우니 몸이 훈훈하다. 더 바랄 것 없이 마음이 만족스럽다.

한 가지 욕심이 솟아올랐다.

밥 짓는 일이란 머슴의 할 일이 못 된다. 사내자식은 역시 밭 갈고 나무하는 것이 옳은 것이다. 장가를 들려면 이웃집 용녀만 한 색시는 없다. 용녀를 데려다 밥 일을 맡길 수밖에는 없다고 생각하였다. 용녀를 생각만 하여도 즐겁다. 궁리가 차례차례로 솔솔 풀렸다.

굵은 나무를 베어다 껍질째 토막을 내 양지쪽에 쌓아 올려 단칸의 조촐한 오두막을 짓겠다. 펑퍼짐한 산허리를 일궈 밭을 만들고 봄부터 감자와 귀리를 갈 작정이다. 오랍 뜰에 우리를 세우고 염소와 돼지와 닭을 칠 터. 산에서 노루를 산 채로 붙들면 우리 속에 같이 기르고 용녀가 집일을 하는 동안에 밭을 가꾸고 나무를 할 것이며 아이가 나면 소같이 산같이 튼튼하게 자라렷다. 용녀가 만약 말을 안 들으면 밤중에 내려가 가만히 업어 올걸. 한 번 산에만 들어오면 별수 없지…….

불이 거의거의 아스러지고 물소리가 더 한층 맑다.

별들이 어지럽게 깜박거린다.

달이 다른 나뭇가지에 걸렸다.

나머지 등걸불을 발로 비벼 끄니 골짜기는 더 한층 막막하다.

어느 때인지 산속에서는 때도 분별할 수 없다.

자기가 이른지 늦은지도 모르면서 나무 밑의 잠자리로 향하였다.

낟가리같이 두두룩하게 쌓인 낙엽 속에 몸을 송두리째 파묻고 얼굴만을 빠끔히 내놓았다.

몸이 차차 푸근하여 온다.

하늘의 별이 와르르 얼굴 위에 쏟아질 듯싶게 가까웠다 멀어졌다 한다.

별 하나 나 하나, 별 둘 나 둘, 별 셋 나 셋…….

어느 결엔지 별을 세고 있었다. 눈이 아물아물하고 입이 뒤바뀌어 수효가 틀려지면 다시 목소리를 높여 처음부터 고쳐 세곤 하였다.

별 하나 나 하나, 별 둘 나 둘, 별 셋 나 셋…….

세는 동안에 중실은 제 몸이 스스로 별이 됨을 느꼈다.

들

1

꽃다지, 길경이, 나생이, 딸장이, 민들레, 솔구장이, 쇠민장이, 길오장이, 달래, 무릇신금초, 씀바귀, 돌나물, 비름, 능쟁이. 들은 온통 초록 전에 덮여 벌써 한 조각의 흙빛도 찾아볼 수 없다. 초록의 바다.

초록은 흙빛보다 찬란하고 눈빛보다 복잡하다. 눈이 보얗게 깔렸을 때에는 흰빛과 능금나무의 자줏빛과 그림자의 옥색빛밖에는 없어 단순하기 옷 벗는 여인의 나체와 같지만 봄은 옷입고 치장한 여인이다.

흙빛에서 초록으로……. 이 기막힌 신비에 다시 한 번 놀라볼 필요가 없을까. 땅은 어디서 어느 때 그렇게 많은 물감을 먹었기에 봄이 되면 한꺼번에 그것을 이렇게 지천으로 뻗어 놓을까. 바닷물을 고래같이 들이켰던가. 하늘의 푸른 정기를 모르는 결에 함빡 마셔 두었던가. 그것을 빗물에 풀어 시절이 되면 땅 위로 솟쳐 보내는 것일까. 그러나 한 포기의 풀을 뽑아 볼 때 잎새만이 푸를 뿐이지 뿌리와 흙에는 아무 물들인 자취도 없음은 웬일일까. 시험관 속 붉은 물에 약품을 넣으면 그것이 금시에 새파랗게 변하는 비밀, 그것과도 흡사하다. 이 우주의 비밀의 약품, 그것은 결국 알 바 없을까. 한 톨의 보리알이 열 낟으로 나는 이치는 가르치는 이 있어도 그 보리알에서 푸른 잎이 돋는 조화의 동기는 옳게 말하는 이 없는 듯하다.

사람의 지혜란 결국 신비의 테두리를 뱅뱅 돌 뿐이요, 조화의 속의 속은 언제까지나 열리지 않는 판도라의 상자일 듯싶다. 초록 풀에 덮인 땅속의 뜻은 초록 옷을 입은 여자의 마음과도 같이 엿볼 수 없는 저 건너 세상이다.

얀들얀들 나부끼는 초목의 양자는 부드럽게 솟는 음악. 줄기는 굵고 잎은 연한 멜로디의 마디마디이다. 부피 있는 대궁은 나팔 소리요 가는 가지는 거문고의 음률이라고도 할까. 알레그로가 지나고 안단테에 들어갔을 때의 감동…… . 그것이 봄의 걸음이다. 풀 위에 누워 있으면 은근한 음악의 율동에 끌려 마음이 너볏너볏 나부낀다.

꽃다지, 질경이, 민들레……. 가지가지 풋나물을 뜯어 먹으면 몸이 초록으로 물들 것 같다. 물들어야 될 것 같다. 물들어야 옳을 것 같다. 물들지 않음이 거짓말이다. 물들지 않으면 안 될 것 같다.

새가 지저귄다. 꾀꼬리일까.
지평선이 아롱거린다.
들은 내 세상이다.

2

언제까지든지 푸른 하늘을 우러러보고 있으면 나중에는 현기증이 나며 눈이 둘러빠질 듯싶다. 두 눈을 뽑아서 푸른 물에 채웠다가 라무네 병 속의 구슬같이 차진 놈을 다시 살 속에 박아 넣은 것과도 같이 눈망울이 차고 어리어리하고 푸른 듯하다. 살과는 동떨어진 유리알이다. 그렇게도 하늘은 맑고 멀다. 눈이 아픈 것은 그 하늘을 발칙하게도 오랫동안 우러러본 벌인 듯싶다. 확실히 마음이 죄송스럽다. 반나절 동안 두려움 없이 하늘을 똑바로 쳐다볼 수 있는 사람이란 세상에서도 가장 착한 사람이거나 그렇지 않으면 가장 용기 있는 악한이어야 할 것이다. 그렇게도 푸른 하늘은 거룩하다.

눈을 돌리면 눈물이 푹 쏟아진다. 벌판이 새파랗게 물들어 눈앞에 아물아물한다. 이런 때에는 웬일인지 구름 한 점도 없다. 곁에는 한 묶음의 꽃이 있다. 오랑캐꽃, 고들빼기, 노고초, 새고사리, 가처무릇, 대게, 맛탈, 차치광이. 나는 그것을 섞어 틀어 꽃다발을 겯기 시작한다. 갈색 꽃판과 꽃술이 무릎 위에 지천으로 떨어진다. 그것은 헤어지는 석류알보다도 많다…….

나는 들이 언제부터 이렇게 좋아졌는지를 모른다. 지금에는 한 그릇의 밥, 한 권의 책과 똑같은 지위를 마음속에 차지하게 되었다. 책에서 읽은 이론도 아니요, 얻어들은 이치도 아니요, 몇 해 동안 하는 일 없이 들과 벗하고 지내는 동안에 이유 없이 그것은 살림 속에 푹 젖었던 것이다. 어릴 때에 동무들과 벌판을 헤매며 찔레를 꺾으러 가시덤불 속에 들어가고 소똥버섯을 따다 화로 속에 굽고 메를 캐러 밭이랑을 들치며 골로 말을 만들어 끌고 다니느라고 집에서보다도 들에서 더 많이 날을 지우던 그때가 다시 부활하여 돌아온 셈이다. 사람은 들과 떼려야 뗄 수 없는 인연에 있는 것 같다.

자연과 벗하게 됨은 생활에서의 퇴각을 의미하는 것일까. 식물적 애정은 반드시 동물적 열정이 진한 곳에 오는 것일까. 학교를 쫓기어 서울을 물러오게 된 까닭으로 자연을 사랑하게 된 것일까. 그러나 동무들과 골방에서 만나고 눈을 기여 거리를 돌아치다 붙들리고 뛰다 잡히고 쫓기고 하였을 때의 열정이나 지금에 들을 사랑하는 열정이나 일반이다.

지금의 이 기쁨은 그때의 그 기쁨과도 흡사한 것이다. 신념에 목숨을 바치는 영웅이라고 인간 이상이 아닐 것과 같이 들을 사랑하는 졸부라고 인간 이하는 아닐 것이다. 아직도 굳은 신념을 가지면서 지난날에 보던 책들을 들척거리다가도 문득 정신을 놓고 의미 없이 하늘을 우러러보는 때가 많다.

"학보, 이제는 고향이 마음에 붙는 모양이지."

마을 사람들은 조롱도 아니요 치사도 아닌 이런 말을 던지게 되었고, 동구 밖에서 만나는 이웃집 머슴은 인사 대신에 흔히,

"해동지 늪에 붕어 떼 많던가?"

고기 사냥 갈 궁리를 하거나, 그렇지 않으면,

"십리정 보리 고개 숙었던가?"

하고 곡식의 소식을 묻게 되었다.

마을 사람들보다도 내가 더 들과 친하고 곡식의 소식을 잘 알게 된 증거이다.

나는 책을 외듯이 벌판의 구석구석을 샅샅이 외고 있다. 마음 속에는 들의 지도가 세밀히 박혀 있고 사철의 변화가 표같이 적

혀 있다. 나는 들사람이요 들은 내 것과도 같다.

어느 논두렁의 청대콩이 가장 진미이며, 어느 이랑의 감자가 제일 굵다는 것을 알 수 있다. 새발고사리가 많이 피어 있는 진펄과 종달새 뜨는 보리밭을 짐작할 수 있다. 남대천 어느 모퉁이를 돌 때 가장 고기가 흔하다는 것도 알게 되었다. 개리 쉬리 불거지가 덕실덕실 끓는 여울과 메기 뚜구뱅이가 잠겨 있는 웅덩이와 쏘가리 꺽지가 누워 있는 바위 밑과……. 매재와 고들빼기를 잡으려면 철교께서도 몇 마장을 더 올라가야 한다는 것과 쇠치네와 기름종개를 뜨려면 얼마나 벌판을 나가야 될 것을 안다. 물 건너 귀룽나무 수풀과 방치골 으름덩굴 있는 곳을 아는 것은 아마도 나뿐일 듯싶다.

학교를 퇴학 맞고 처음으로 도회를 쫓겨 내려왔을 때에 첫걸음으로 찾은 곳은 일갓집도 아니요 동무 집도 아니요 실로 이들이었다. 강가의 사시나무가 제대로 있고 버들 숲 둔덕의 잔디가 헐리지 않았으며 과수원의 모습이 그대로 남은 것을 보았을 때의 기쁨이란 형언할 수 없이 큰 것이었다. 고향을 그리워하는 마음이란 곧 산천을 사랑하고 벌판을 반가워하는 심정이 아닐런지.

이런 자연의 풍물을 내놓고야 고향의 그림자가 어디에 알뜰히 남아 있는가. 헐리어 가는 초가지붕에 남아 있단 말인가. 고향을 꾸미는 것은 사람이면서도 그리운 것은 더 많이 들과 시냇물이다.

3

시절은 만물을 허랑하게 만드는 듯하다.

짐승은 드러내 놓고 모든 것을 들의 품속에 맡긴다.

새 풀숲에서 새 둥우리를 발견한 것을 나는 알 수 없이 기쁘게 여겼다. 거룩한 것을, 아름다운 것을, 찾은 느낌이다. 집과 가족들을 송두리째 안심하고 땅에 맡기는 마음씨가 거룩하다. 풀과 깃을 모아 두툼하게 결은 둥우리 안에는 아직 까지 않은 알이 너덧 알 들어 있다. 아롱아롱 줄이 선 풋대추만큼씩한 새알.

막 뛰어 나려는 생명을 침착하게 간직하고 있는 얇은 껍질, 금시에 딸깍 두 조각으로 깨뜨려질 모태, 창조의 보금자리!

그 고요한 보금자리가 행여나 놀라고 어지럽혀질까를 두려워하여 둥우리 기슭에 손가락 하나 대기조차 주저되어 나는 다만 한참 동안이나 물끄러미 바라보고 섰다가 풀포기를 제대로 덮어놓고 감쪽같이 발을 옮겨 놓았다. 금시에 알이 쪼개지며 생명이 돋아날 듯싶다. 등 뒤에서 새가 푸드득 날아들 것 같다. 적막을 깨뜨리고 하늘과 들을 놀래이며 푸드득 날았다! 생각에 마음이 즐겁다.

그렇게 늦게 까는 것이 무슨 새일까. 청새일까, 덤불지일까. 고요하게 뛰노는 기쁜 마음을 걷잡을 수 없어 목소리를 내서 노래라도 부를까 느끼며 둑 아래로 발을 옮겨 놓으려다 문득 주춤하고 서 버렸다.

맹랑한 것이 눈에 뜨인 까닭이다. 껄껄 웃고 싶은 것을 참고 풀 위에 주저앉았다. 그 웃고 싶은 마음은 노래라도 부르고 싶던 마음의 연장인지도 모른다. 다시 말하면 그 맹랑한 풍경이 나의 마음을 결코 노엽히거나 모욕한 것이 아니요, 도리어 아까와 똑같은 기쁨을 자아내게 한 것이다. 일반으로 창조의 기쁨을 보여 준 것이다.

개울녘 풀밭에서 한 자웅의 개가 장난치고 있는 것이다. 하늘을 겁내지 않고 들을 부끄러워하지 않고 사람의 눈을 꺼리는 법 없이 자웅은 터놓고 마음의 자유를 표현할 뿐이다. 부끄러운 것은 도리어 이쪽이다. 나는 얼굴을 붉히면서 대중없이 오랫동안 그 요절할 광경을 바라보기가 몹시도 겸연쩍었다. 확실히 시절의 탓이다. 가령 추운 겨울 벌판에서 나는 그런 장난을 목격한 일이 없다. 역시 들이 푸를 때 새가 늦은 알을 깔 때 자웅도 농탕치는 것이다. 나는 그 광경을 성내서는 비웃어서는 안 되었다.

보고 있는 동안에 어디서부터인지 자웅에게로 돌멩이가 날아들었다. 킬킬킬킬 웃음소리가 나며 두 번째 것이 날았다. 몸이 떨어지지 않는 자웅은 그제야 겁을 먹고 흘금흘금 눈을 굴리며 어색한 걸음으로 주체스런 두 몸을 비틀거렸다. 나는 나 이외에 그 광경을 그때까지 은근히 바라보고 있던 또 한 사람이 부근에 숨어 있음을 비로소 알고 더 한층 부끄러운 생각이 와락 나며 숨도 크게 못 쉬고 인기척을 죽이고 잠자코만 있을 수밖에는 없었다.

세 번째 돌멩이가 날리더니 이윽고 호담스러운 웃음소리가 왈칵 터지며 아래편 숲 속에서 사람의 그림자가 덥석 뛰어나왔다. 빨래함지를 인 채 한 손으로는 연해 자웅을 쫓으면서 어깨를 떨며 웃음을 금할 수 없다는 자세였다.

그 돌연한 인물에 나는 놀랐다. 한편 엉켰던 마음이 풀리기도 하였다. 옥분이었다. 빨래를 하고 나자 그 광경임에 마음속 미리 흠뻑 그것을 즐기고 난 뒤인 모양이다. 그러나 나의 놀람보다도 옥분이가 문득 나를 보았을 때의 놀람, 그것은 몇 곱절 더 큰 것이었다. 별안간 웃음을 뚝 그치고 주춤 서는 서슬에 머리에 이었던 함지가 왈칵 떨어질 판이었다. 얼굴의 표정이 삽시간에 검붉게 질려 굳어졌다. 눈알이 땅을 향하고 한편 손이 어쩔 줄 몰라 행주치마를 의미 없이 꼬깃거렸다.

별안간 깊은 구렁에 빠진 것과 같은 그의 궁축한 처지와 덴 마음을 건져 주기 위해 나는 마음에도 없는 목소리를 일부러 자아내어 관대한 웃음을 한바탕 웃으면서 그의 곁으로 내려갔다.

"빌어먹을 짐승들."

마음에도 없는 책망이었으나 옥분의 마음을 풀어 주자는 뜻이었다.

"득추 녀석쯤이 너를 싫달 법 있니, 주제넘은 녀석."

이어 다짜고짜로 그의 일신의 이야기를 끄집어 낸 것은 그의 주의를 다른 곳으로 돌리자는 생각이었다. 군청 고원(雇員, 임시 고용된 하급 사무원) 득추는 일껏 옥분과 성혼이 된 것을 이제 와서 마다고 투정을 내고 다른 감을 구하였다. 옥분의 가세가 빈한하여 들고 날 판이므로 혼인한 뒤에 닥쳐올 여러 가지 귀찮은 거래를 염려하여 파혼한 것이 확실하다. 득추의 그런 꾀바른 마음씨를 나무라는 것은 나뿐이 아니었다. 마을 사람들은 거개 고원의 불신을 책하였다.

"배반을 당하고 분하지도 않으냐?"

"모른다."

옥분은 도리어 짜증을 내며 발을 떼 놓았다.

"그 녀석 한 번 혼내 줄까?"

웬일인지 그에게로 쏠리는 동정을 금할 수 없다.

"쓸데없는 짓 할 것 있니?"

동정의 눈치를 알면서도 시침을 떼는 옥분의 마음씨에는 말할 수 없이 그윽한 것이 있어 그것이 은연중에 마음을 당긴다.

눈앞에 떨어지는 그의 민출한 자태가 가슴속에 새겨진다. 검은 치마폭 밑으로 드러난 불그레한 늠츳한 두 다리, 자작나무보다도 더 아름다운 것, 헐벗기 때문에 한결 빛나는 것, 세상에도 가지고 싶은 탐나는 것이다.

4

일요일인 까닭에 오래간만에 문수와 함께 둑 위에서 하루를 보낼 수 있었다. 날마다 거리의 학교에 가야 하는 그를 자주 붙들어 낼 수는 없다. 일요일이 없는 나에게도 일요일이 있는 것이다.

바다를 바라볼 수 있는 둑에 오르면 마음이 활짝 열리는 듯이 시원하다. 바닷바람이 아직 조금 차기는 하나 신선한 맛이다. 잔디밭에는 간간이 피지 않은 해당화 봉오리가 조촐하게 섞였으며 둑 맞은편에 군데군데 모여선 백양나무 잎새가 햇빛에 반짝반짝 나부껴 은가루를 뿌린 것 같다.

문수는 빌려 갔던 몇 권의 책을 돌려주고 표해 두었던 몇 구절의 뜻을 질문하였다. 나는 그에게는 하루의 선배인 것이다. 돈독하게 뛰어 주는 것이 즐거운 의무도 되었다.

'공부'가 끝난 다음 책을 덮어 두고 잡담에 들어갔을 때에 문수는 탄식하는 어조였다.

"학교가 점점 틀려 가는 모양이다."

구체적 실례를 가지가지 들고 나중에는 그 한 사람의 협착한 처지를 말하였다.

"책 읽는 것까지 들키었네. 자네 책도 뺏길 뻔했어."

짐작되었다.

"나와 사귀는 것이 불리하지 않은가?"

"자네 걸은 길대로 되어 나가는 것이 뻔하지. 차라리 그 편이 시원하겠네."

너무 궁박한 현실 이야기만도 멋없어 두 사람은 무릎을 툭 털고 일어서 기분을 가다듬고 노래를 불렀다.

아는 말 아는 곡조를 모조리 불렀다.

노래가 진하면 번갈아 서서 연설을 하였다. 눈앞에 수많은 대중을 가상하고 목소리를 다하여 부르짖어 본다. 바닷물이 수물거리나 어쩌나 새들이 놀라서 떨어지나 어쩌나를 시험하려는 듯이도 높게 고함쳐 본다. 박수하는 사람은 수많은 대중 대신에 한 사람의 동무일 뿐이나 지껄이는 동안에 정신이 흥분되고 통쾌하여 간다. 훌륭한 공부 이외 단련이다.

협착한 땅 위에 그렇게 자유로운 벌판이 있음이 새삼스러운 놀람이다. 아무리 자유로운 말을 외쳐도 거기에서만은 '중지'를 당하는 법이 없으니까 말이다. 땅 위는 좁으면서도 넓은 셈인가.

둑은 속 풀리는 시원한 곳이며 문수와 보내는 하루는 언제든지 다시없이 즐거운 날이다.

5

과수원 철망 너머로 엿보이는 철 늦은 딸기, 잎새 사이로 불긋불긋 돋아난 송이 굵은 양딸기. 지날 때마다 건강한 식욕을 참을 수 없다.

더구나 달빛에 젖은 딸기의 양자란 마치 크림을 끼얹은 것과도 같이 한층 부드럽게 빛난다.

탐나는 열매에 눈독을 보내며 철망을 넘기에 나는 반드시 가책과 반성으로 모질게 마음을 매질하지는 않았으며 그럴 필요도 없었다. 그것이 누구의 과수원이든 간에 철망을 넘는 것은 차라리 들사람의 일종의 성격이 아닐까.

들사람은 또한 한편 그것을 용납하고 묵인하는 아량도 가지고 있는 것이다. 나는 몇 해 동안에 완전히 이 야취(아름다운 자연에서 느끼는 흥취)의 성격을 얻어 버린 것 같다.

흐뭇한 송이를 정신없이 따서 입에 넣으면서도 철망 밖에서 다만 탐내고 보기만 할 때보다 한층 높은 감동을 느끼지 못하게 됨은 되려 웬일일까. 입의 감동이 눈의 감동보다 떨어지는 탓일까. 생각만 할 때의 감동이 실상 당하였을 때의 감동보다 항용 더 나은 까닭일까. 나의 욕심을 만족시키기에는 불과 몇 송이의 딸기가 필요할 뿐이었다. 차라리 벌판에 지천으로 열려 언제든지 딸 수 있는 들딸기 편이 과수원 안의 양딸기보다 나음을 생각하며 나는 다시 철망을 넘었다.

멍석딸기, 중딸기, 장딸기, 나무딸기, 감대딸기, 곰딸기, 닷딸기, 배암딸기…….

능금나무 그늘에 난데없는 사람의 그림자를 발견하자 황급히 뛰어넘다 철망에 걸려 나는 옷을 찢었다. 그러나 옷보다도 행여나 들키지나 않았나 하는 염려가 앞서 허둥허둥 풀 속을 뛰다가 또 공교롭게도 그가 옥분임을 알고 마음이 일시에 턱 놓였다. 그 역 딸기밭을 노리고 있던 터가 아닐까. 철망 기슭을 기웃거리며 능금나무 아래 몸을 간직하고 있지 않았던가.

언제인가 개천 둑에서 기묘하게 만난 후 두 번째의 공교로운 만남임을 이상하게 여기고 있는 동안에 마음이 퍽이나 헐하게 놓여졌다. 가까이 가서 시룽시룽(실없이 희롱거리는 모양) 말을 건 것도 그리 어색하지 않고 도리어 자연스러웠다. 그 역시 시스러워하지 않고 수월하게 말을 받고 대답하고 하였다. 전날의 기묘한 만남이 확실히 두 사람의 마음을 방긋이 열어 놓은 것 같다.

"딸기 따 줄까?"

"무서워."

그의 떨리는 목소리가 왜 그리도 나의 마음을 끌었는지 모른다. 나는 떨리는 그의 팔을 붙들고 풀밭을 지나 버드나무 숲 속으로 들어갔다. 그의 입술은 딸기보다도 더 붉다. 확실히 그는 딸기 이상의 유혹이었다.

"무서워."

"무섭긴."

하고 달래기는 하였으나 기실 딸기를 훔치러 철망을 넘을 때와 똑같이 가슴이 후둑후둑 떨림을 어쩌는 수 없었다. 버드나무 잎새 사이로 달빛이 가늘게 새어들었다. 옥분은 굳이 거역하려고 하지 않았다.

양딸기 맛이 아니요, 확실히 들딸기 맛이었다. 멍석딸기 나무

딸기의 신선한 감각에 마음은 흐뭇이 찼다.

아무리 야취의 습관에 젖었기로 철망 너머 딸기를 딸 때와 일반으로 아무 가책도 반성도 없었던가. 벌판서 난장 치던 한 자웅의 짐승과 일반이 아닌가. 그것이 바른가 그래서 옳을까 하는 한줄기의 곧은 생각이 한결같이 뻗쳐오름을 억제할 수는 없었다. 결국 마지막 판단은 누가 옳게 내릴 수 있을까.

6

며칠이 지나도 여전히 귀찮은 생각이 머릿속에 뱅 돈다. 어수선한 마음을 활짝 씻어 버릴 양으로 아침부터 그물을 들고 집을 나섰다.

그물을 후릴 곳을 찾으면서 남대천 물줄기를 따라 올라간 것이 시적시적 걷는 동안에 어느덧 철교께서도 근 십 리를 올라가게 되었다. 아무 고기나 닥치는 대로 잡으려던 것이 그렇게 되고 보니 불현듯이 고들빼기를 후려 볼 욕심이 솟았다.

고기 사냥 중에서도 가장 운치 있고 흥 있는 고들빼기 사냥에 나는 몇 번인지 성공한 일이 있어 그 호젓한 멋을 잘 안다. 그중 많이 모여 있을 듯이 보이는 그럴듯한 여울을 점처 첫 그물을 던져 보기로 하였다.

산속에 오목하게 둘러싸인 개울. 물도 맑거니와 물소리도 맑다. 돌을 굴리는 여울 소리가 티끌 한 점 있을 리 없는 공기와 초목을 영롱하게 울린다. 물속에 노는 고기는 산신령이 아닐까.

옷을 활짝 벗어 부치고 그물을 메고 물속에 뛰어들었다. 넉넉히 목욕을 할 시절임에도 워낙 산골물이라 뼈에 차다. 마음이 한꺼번에 씻겨졌다느니보다도 도리어 얼어붙을 지경이다. 며칠 내로 내려오던 어수선한 생각이 확실히 덜해지고 날아갔다고 할까. 그러나 그러면서도 마지막 한 가지 생각이 아직도 철사같이 가늘게 꿰뚫고 흐름을 속일 수는 없었다.

'사람의 사이란 그렇게 수월할까.'

옥분과의 그날 밤 인연이 어처구니없게 쉽사리 맺어진 것이 도리어 의심쩍은 것이었다. 아무 마음의 거래도 없던 것이 달빛과 딸기에 꼬임을 받아 그때 그 자리에서 금방 응낙이 되다니. 항용 거기에 이르기까지의 두 사람의 마음의 교섭이란 이야기 속에서 읽을 때에는 기막히게 장황하고 지리한 것이었는데 그것이 그렇게 수월할 리 있을까. 들 복판에서는 수월한 법일까.

'책임 문제는 생기지 않는가.'

생각은 다시 솔솔 풀린다. 물이 찰수록 생각도 점점 차게만 들어간다.

물이 다리목을 넘게 되었을 때 그쯤에서 한 훌기 던져 보려고 그물을 펴들고 물속을 가늠 보았다. 속물이 꽤 세어 다리를 훌친다. 물때 낀 돌멩이가 몹시 미끄러워 마음대로 발을 디딜 수 없다. 누르칙칙한 물속이 적확히 보이지 않는다. 몇 걸음 아래편은 바위요 바위 아래는 소가 되어 있다.

그물을 던질 때의 호흡이란 마치 활을 쏠 때의 그것과도 같이 미묘한 것이어서 일종의 통일된 정신과 긴장된 자세를 요구하는 것임을 나는 경험으로 잘 안다. 그러면서도 그때 자칫하여 기어이 실수를 하게 된 것은 필시 던지는 찰나까지도 통일되지 못한 마음이 어수선하고 정신이 까닥거렸음이 확실하다.

몸이 횟둥하고 휘더니 횡하게 날아야 할 그물이 물 위에 떨어지자 어지럽게 흩어졌다. 발이 미끄러져 센 물결에 다리가 쓸리니까 그물은 손을 빠져 달아났다. 물속에 넘어져 흐르는 몸을 아무리 버둥거려야 곧추 일으키는 장사 없었다. 생각하면 기가 막히나 별수 없이 몸은 흐를 대로 흐르고야 말았다. 바위에 부딪혀 기어이 소에 빠졌다. 거품을 날리는 폭포 속에 송두리째 푹 잠겼다가 휘엿이 솟으면서 푸른 물속을 뱅 돌았다. 요행 헤엄의 술득이 약간 있던 까닭에 많은 고생 없이 허부적거리고 소를 벗어날 수는 있었다.

면상과 어깻죽지에 몇 군데 상처가 있었다. 피가 돋았다. 다리에는 군데군데 시퍼렇게 멍이 들어 있음을 보았다. 잃어버린 그물은 어느 줄기에 묻혀 흐르는지 알 바도 없거니와 찾을 용기도 없었다. 고들빼기는 물론 한 마리도 손에 쥐어 보지 못했다.

귀가 메이고 코에서는 켰던 물이 줄줄 흘렀다. 우연히 욕을 당하게 된 몸뚱어리를 훑어보며 나는 알 수 없는 부끄러움을 느꼈다. 별안간 옥분의 몸이, 향기가 눈앞에 흘러 왔다. 비밀을 가진 나의 몸이 다시 돌려 보이며 한동안 부끄러운 생각이 쉽게 꺼지지 않았다.

7

문수는 기어코 학교를 쫓겨났다. 기한 없는 정학 처분이었으나 영영 몰려난 것과 같은 결과이다. 덕분에 나도 빌려 주었던 책권을 영영 뺏긴 셈이 되었다.

차라리 시원하다고 문수는 거드름부렸으나 시원하지 않은 것은 그의 집안사람들이다. 들볶는 바람에 그는 집을 피하여 더 많이 나와 지내게 되었다. 원망의 물줄기는 나에게까지 튀어 왔다. 나는 애매하게도 그를 타락시켜 놓은 안 된 놈으로 몰릴 수밖에는 없다.

별수 없이 나날을 들과 벗하게 되었다. 나는 좋은 들의 동무를 얻은 셈이다.

풀밭에 서면 경주를 하고 시냇가에 서면 납작한 돌을 집어 물 위에 수제비를 뜨기가 일쑤다. 돌을 힘껏 던져 그것이 물 위를 뛰어가는 뜀 수를 세는 것이다. 하나 둘 셋 넷 다섯 여섯 일곱 여덟……이 최고 기록이다. 돌은 굴러갈수록 걸음이 좁아지고 빨라지다 나중에는 깜박 물속에 꺼진다. 기차가 차차 멀어지고 작아지다 산모퉁이에서 깜박 사라지는 것과 같다. 재미있는 장난이다. 나는 몇 번이고 싫지 않게 돌을 집어 시험하는 것이었다.

팔이 축 처지게 되면 다시 기운을 내어 모래밭에 겨루고 서서 씨름을 한다. 힘이 비등하여 승패가 상반이다. 떠밀기도 하고 샅바 씨름도 하고 잡아낚기도 하고, 다리걸이 딴죽치기, 기술도 차차 늘어가는 것 같다.

"세상에서 제일 장하고 제일 크고 제일 아름답고 제일 훌륭하고 제일 바른 것이 무엇이냐?"

되건 말건 수수께끼를 걸고,

"힘이다!"

라고 껄껄껄껄 웃으면 오장육부가 물에 헹군 듯이 시원한 것이다. 힘! 무슨 힘이든지 좋다. 씨름을 해 가는 동안에 우리는 힘에 대한 인식을 한층 더 새롭혀 갔다. 조직의 힘도 장하거니와

그것을 꾸미는 한 사람의 힘이 크다면 더 한층 아름다운 것이
아닐까.

8

문수와 천렵(냇가에서 고기 잡는 일)을 나섰다.

그물을 잃은 나는 하는 수 없이 족대를 들고 쇠치네 사냥을
하러 시냇물을 훑어 내려갔다.

벌판에 냄비를 걸고 뜬 고기를 끓이고 밥을 지었다.

먹을 것이 거의 준비되었을 때 더운 판에 목욕을 들어갔다.

땀을 씻고 때를 밀고는 깊은 곳에 들어가 물장구와 가댁질이
다. 어린아이 그대로의 순진한 마음이 방울방울 날리는 물방울
과 함께 하늘을 휘덮었다가는 쏟아지는 것이다. 물가에 나와 얼
굴을 씻고 물을 들일 때에 문수는 다따가,

"어깨의 상처가 웬일인가?"

하고 나의 어깨의 군데군데를 가리켰다.

나는 뜨끔하면서 그때까지 완전히 잊고 있던 고들빼기 사냥
과 거기에 관련된 옥분과의 일건이 생각났다.

어떻게 할까 망설이다가 그에게까지 기일 바 못되어 기어코

고기잡이 이야기와 따라서 옥분과의 곡절을 은연중 귀띔하여
주게 되었다.

이상한 것은 그의 태도였다.

"명예의 부상일세그려."

놀리고는 걱실걱실 웃는 것이다.

웃다가 문득 그치더니,

"이왕 말이 났으니 나도 내 비밀을 게울 수밖에는 없게 되었
네 그려."

정색하고 말을 풀어냈다.

"옥분이……. 나도 그와는 남이 아니야."

어안이 벙벙한 나의 어깨를 치며,

"생각하면 득추와 파혼된 후로부터는 달뜬 마음이 허랑해진
모양인데. 일종의 자포자기야. 죽일 놈은 득추지. 옥분의 형편
이 가엾기는 해."

나에게는 이상한 감정이 솟아올랐다. 문수에게 대하여 노염
과 질투를 느끼는 대신에 도리어 일종의 안심과 감사를 느끼는
것이었다. 괴롭던 책임이 모면된 것 같고 무거운 짐을 벗어 놓
은 듯이 감정이 가벼워지고 웅겼던 마음이 풀리는 것이다. 이것
은 교활하고 악한 마음보일까. 그러나 나를 단 한 사람으로 생
각하지 않는 옥분의 허랑한 태도에 해결의 열쇠는 있다. 그의

태도가 마지막 책임을 져야 될 터이니까.

"왜 말이 없나? 거짓말로 알아듣나? 자네가 버드나무숲에서 만났다면 나는 풀밭에서 만났네."

여전히 잠자코만 있으면서 나는 속으로 한결같이 들의 성격과 마술과도 같은 자연의 매력이라는 것을 생각하였다.

얼마나 이야기가 장황하였던지 밥 타는 냄새가 코를 찔렀다.

9

무더운 날이 계속된다.

이런 때 마을은 더 한층 지내기 어렵고 역시 들이 한결 낫다.

낮은 낮으로 해 두고 밤을, 하룻밤을 온전히 들에서 보낸 적이 없다.

우리는 의논하고 하룻밤을 들에서 야영하기로 하였다.

들의 밤은 두려운 것일까 이런 의문도 있었기 때문이다.

이왕 의가 통한 후이니 이후로는 옥분이도 데려다가 세 사람이 일단의 '들의 아들'이 되었으면 하는 문수의 의견이었으나, 나는 그것을 일종의 악취미라고 배척하였다. 과거의 피차의 정의는 정의로 하여 두고 단체 생활에는 역시 두 사람이 적당하며 수효가 셋이면 어떤 경우에든지 반드시 기울고 불안정하다는 의견을 가지고 있기 때문이다. 그러나 그것도 결국 나의 야성이 철저치 못한 까닭이 아닐까.

어떻든 두 사람은 들 복판에서 해를 넘기고 어둡기를 기다리고 밤을 맞이하였다.

불을 피우고 이야기하였다.

이야기가 장황하기 때문에 불이 마저 스러질 때에는 마을의 등불도 벌써 다 꺼지고 개 짖는 소리도 수습된 뒤였다. 별만이 깜박거리고 바다 소리가 은은할 뿐이다.

어둠은 깊고 넓고 무한하다.

창조 이전의 혼돈의 세계는 이러하였을까.

무한의 적막 – 지구의 자전 공전의 소리도 들리지는 않는 것이다.

공포, 두려움이란 어디서 오는 감정일까.

어둠에서도 적막에서도 오지는 않는다.

우리는 일부러 두려운 이야기, 무서운 이야기로 마음을 떠 보았으나 이렇듯한 새삼스러운 공포의 감정이라는 것은 솟지 않았다.

위에는 하늘이요 아래는 풀이요 주위에 어둠이 있을 뿐이지 모두가 결국 낮 동안의 계속이요 연장이다. 몸에 소름이 돋는 법도 마음이 떨리는 법도 없다.

　서로 눈만 말똥거리다가 피곤하여 어느 결엔지 잠이 들어 버렸다.

　단잠을 깨었을 때는 아침 해가 높은 후였다.

　야영의 밤은 시원하였을 뿐이요, 공포의 새는 결국 잡지 못하였다.

10

　그러나 공포는 왔다.

　그것은 들에서 온 것이 아니요 마을에서 사람에게서 왔다.

　공포를 만드는 것은 자연이 아니요 사람의 사회인 듯싶다.

　문수가 돌연히 끌려간 것이다. 학교 사건의 뒷맺이인 듯하다. 이어 나도 들어가게 되었다.

　나 혼자에 대하여 혹은 문수와 관련되어 여러 가지 질문을 받았다.

　사흘 밤을 지우고 쉽게 나왔으나 문수는 소식이 없다. 오랠 것 같다.

　여러 가지 재미있는 여름의 계획도 세웠으나 혼자서는 하릴

없다.

가졌던 동무를 잃었을 때의 고독이란 큰 것이다.

들에서 무료히 지내는 날이 많다.

심심파적으로 옥분을 데려올까도 생각되나 여러 가지로 거리끼고 주체스런 일이다. 깨끗한 것이 좋을 것 같다.

별수 없이 녀석이 하루라도 속히 나오기를 충심으로 바랄 뿐이다.

나오거든 풋콩을 실컷 구워 먹이고 기름종개를 많이 떠먹이고 씨름해서 몸을 불려 줄 작정이다.

들에는 도라지꽃이 피고 개나리꽃이 장하다.

진펄의 새발고사리도 어느덧 활짝 피었다.

해오라기가 가끔 조촐한 자태로 물가에 내린다.

시절이 무르녹았다.

메밀꽃 필 무렵

여름장이란 애시당초에 글러서, 해는 아직 중천에 있건만 장판은 벌써 쓸쓸하고 더운 햇발이 벌여 놓은 전 휘장 밑으로 등줄기를 훅훅 볶는다. 마을 사람들은 거지반 돌아간 뒤요, 팔리지 못한 나무꾼패가 길거리에 궁싯거리고들 있으나 석유 병이나 받고 고깃마리나 사면 족할 이 축들을 바라고 언제까지든지 버티고 있을 법은 없다. 춤춤스럽게 날아드는 파리 떼도 장난꾼 각다귀(벌레, 남의 것을 착취하기 좋아하는 사람을 일컫는 말)들도 귀찮다. 얽둑빼기(얼금뱅이)요 왼손잡이인 드팀전(지난날에 갖은 피륙을 팔던 가게)의 허 생원은 기어이 동업의 조 선달을 낚아 보았다.

"그만 걸을까?"

"잘 생각했네. 봉평장에서 한 번이나 흐뭇하게 사 본 일 있었을까. 내일 대화장에서나 한몫 벌어야겠네."

"오늘밤은 밤을 새서 걸어야 될걸."

"달이 뜨렷다."

절렁절렁 소리를 내며 조 선달이 그날 산 돈을 따지는 것을 보고 허 생원은 말뚝에서 넓은 휘장을 걷고 벌여 놓았던 물건을 거두기 시작하였다. 무명필과 주단 바리가 두 고리짝에 꼭 찼다. 멍석 위에는 천 조각이 어수선하게 남았다.

다른 축들도 벌써 거진(거의) 전들을 걷고 있었다. 약빠르게 떠나는 패도 있었다. 어물장수도 땜장이도 엿장수도 생강장수도 꼴들이 보이지 않았다. 내일은 진부와 대화에 장이 선다. 축들은 그 어느 쪽으로든지 밤을 새며 육칠십 리 밤길을 타박거리지 않으면 안 된다. 장판은 잔치 뒷마당같이 어수선하게 벌어지고 술집에는 싸움이 터져 있었다. 주정꾼 욕지거리에 섞여 계집의 앙칼진 목소리가 찢어졌다. 장날 저녁은 정해 놓고 계집의 고함 소리가 시작되는 것이다.

"생원, 시침을 떼두 다 아네……. 충줏집 말야."

계집 목소리로 문득 생각난 듯이 조 선달은 비죽이 웃는다.

"화중지병(畫中之餠, 그림의 떡)이지. 연소패들을 적수로 하구야 대거리가 돼야 말이지."

"그렇지두 않을걸. 축들이 사족을 못 쓰는 것두 사실은 사실이나, 아무리 그렇다군 해두 왜 그 동이 말일세. 감쪽같이 충줏집을 후린 눈치거든."

"무어 그 애숭이가? 물건 가지구 낚았나 부지. 착실한 녀석인 줄 알았더니."

"그 길만은 알 수 있나……. 궁리 말구 가 보세나그려. 내 한턱 씀세."

그다지 마음이 당기지 않는 것을 쫓아갔다. 허 생원은 계집과는 연분이 멀었다. 얼금뱅이 상판을 쳐들고 대어 설 숫기도 없었으나 계집 편에서 정을 보낸 적도 없었고 쓸쓸하고 뒤틀린 반생이었다. 충줏집을 생각만 하여도 철없이 얼굴이 붉어지고 발밑이 떨리고 그 자리에 소스라쳐 버린다. 충줏집 문을 들어서서 술 좌석에서 짜장 동이를 만났을 때에는 어찌 된 서슬엔지 발끈 화가 나 버렸다. 상 위에 붉은 얼굴을 쳐들고 제법 계집과 농탕치는 것을 보고서야 견딜 수 없었던 것이다. 녀석이 제법 난질꾼인데 꼴사납다. 머리에 피도 안 마른 녀석이 낮부터 술 처먹고 계집과 농탕이야. 장돌뱅이 망신만 시키고 돌아다니누나. 그 꼴에 우리들과 한몫 보자는 셈이지. 동이 앞에 막아서면서부터 책망이었다. 걱정두 팔자요 하는 듯이 빤히 쳐다보는 상기된 눈망울에 부딪칠 때 결김에 따귀를 하나 갈겨 주지 않고는 배길 수 없었다. 동이도 화를 쓰고 팩하고 일어서기는 하였으나 허 생원은 조금도 동색하는 법 없이 마음먹은 대로는 다 지껄였다.

어디서 주서 먹은 선머슴인지는 모르겠으나 네게도 아비어미 있겠지. 그 사나운 꼴 보면 맘 좋겠다. 장사란 탐탁하게 해야 되지. 계집이 다 무어야. 나가거라 냉큼 꼴 치워.

그러나 한마디도 대거리하지 않고 하염없이 나가는 꼴을 보려니 도리어 측은히 여겨졌다. 아직도 서름서름한 사인데 너무 과하지 않았을까 하고 마음이 섬짓해졌다. 주제도 넘지 같은 술 손님이면서두 아무리 젊다고 자식 낳게 되는 것을 붙들고 치고 닦아 셀 것은 무어야 원. 충줏집은 입술을 쫑긋하고 술 붓는 솜씨도 거칠었으나, 젊은 애들한테는 그것이 약이 된다나 하고 그 자리는 조 선달이 얼버무려 넘겼다. 너 녀석한테 반했지? 애숭이를 빨면 죄 된다. 한참 법석을 친 후이다. 담도 생긴 데다가 웬일인지 흠뻑 취해 보고 싶은 생각도 있어서 허 생원은 주는 술잔이면 거의 다 들이켰다. 거나해짐을 따라 계집 생각보다도 동이의 뒷일이 궁금해졌다. 내 꼴에 계집을 가로채서는 어떡헐 작정이었누 하고 어리석은 꼬락서니를 모질게 책망하는 마음도 한편에 있었다. 그러기 때문에 얼마나 지난 뒤인지 동이가 헐레벌떡이며 황급히 부르러 왔을 때에는 마시던 잔을 그 자리에 던지고 정신없이 허덕이며 충줏집을 뛰어나간 것이었다.

"생원 당나귀가 바를 끊구 야단이에요."

"각다귀들 장난이지 필연코."

짐승도 짐승이려니와 동이의 마음씨가 가슴을 울렸다. 뒤를 따라 장판을 달음질하려니 거슴츠레한 눈이 뜨거워질 것 같다.

"부락스런 녀석들이라 어쩌는 수 있어야죠."

"나귀를 몹시 구는 녀석들은 그냥 두지는 않는걸."

반평생을 같이 지내 온 짐승이었다. 같은 주막에서 잠자고, 같은 달빛에 젖으면서 장에서 장으로 걸어 다니는 동안에 이십 년의 세월이 사람과 짐승을 함께 늙게 하였다. 까스러진 목 뒤 털은 주인의 머리털과도 같이 바스러지고, 개진개진 젖은 눈은 주인의 눈과 같이 눈곱을 흘렸다. 몽당비처럼 짧게 쓸리운 꼬리는, 파리를 쫓으려고 기껏 휘저어 보아야 벌써 다리까지는 닿지 않았다. 닳아 없어진 굽을 몇 번이나 도려내고 새 철을 신겼는지 모른다. 굽은 벌써 더 자라나기는 틀렸고 닳아 버린 철 사이로는 피가 빼짓이 흘렀다. 냄새만 맡고도 주인을 분간하였다. 호소하는 목소리로 야단스럽게 울며 반겨한다.

어린아이를 달래듯이 목덜미를 어루만져 주니 나귀는 코를 벌름거리고 입을 투르러거렸다. 콧물이 튀었다. 허 생원은 짐승 때문에 속도 무던히는 썩였다. 아이들의 장난이 심한 눈치여서 땀 배인 몸뚱어리가 부들부들 떨리고 좀체 흥분이 식지 않는 모양이었다. 굴레가 벗어지고 안장도 떨어졌다. 요 몹쓸 자식들, 하고 허 생원은 호령을 하였으나 패들은 벌써 줄행랑을 논 뒤요, 몇 남지 않은 아이들이 호령에 놀래 비슬비슬 멀어졌다.

"우리들 장난이 아니우. 암놈을 보고 저 혼자 발광이지."

코흘리개 한 녀석이 멀리서 소리를 쳤다.

"고녀석 말투가……."

"김 첨지 당나귀가 가 버리니까 온통 흙을 차고 거품을 흘리면서 미친 소같이 날뛰는걸. 꼴이 우스워 우리는 보고만 있었다우. 배를 좀 보지."

아이는 앵돌아진 투로 소리를 치며 깔깔 웃었다. 허 생원은 모르는 결에 낯이 뜨거워졌다. 뭇 시선을 막으려고 그는 짐승의 배 앞을 가리워 서지 않으면 안 되었다.

"늙은 주제에 암샘을 내는 셈야. 저놈의 짐승이."

아이의 웃음소리에 허 생원은 주춤하면서도 기어이 견딜 수 없어 채찍을 들더니 아이를 쫓았다.

"쫓으려거든 쫓아 보지. 왼손잡이가 사람을 때려."

줄달음에 달아나는 각다귀에는 당하는 재주가 없었다. 왼손잡이는 아이 하나도 후릴 수 없다. 그만 채찍을 던졌다. 술기가 돌아 몸이 유난스럽게 화끈거렸다.

164

"그만 떠나세. 녀석들과 어울리다가는 한이 없어. 장판의 각다귀들이란 어른보다도 더 무서운 것들인걸."

조 선달과 동이는 각각 제 나귀에 안장을 얹고 짐을 싣기 시작하였다. 해가 꽤 많이 기울어진 모양이었다.

드팀전 장돌림을 시작한 지 이십 년이나 되어도 허 생원은 봉평장을 빼논 적은 드물었다. 충주, 제천 등의 이웃 군에도 가고, 멀리 영남 지방도 헤매기는 하였으나 강릉쯤에 물건 하러 가는 외에는 처음부터 끝까지 군내를 돌아다녔다. 닷새만큼씩의 장날에는 달보다도 확실하게 면에서 면으로 건너간다. 고향이 청주라고 자랑삼아 말하였으나 고향에 돌보러 간 일도 있는 것 같지는 않았다. 장에서 장으로 가는 길의 아름다운 강산이 그대로 그에게는 그리운 고향이었다. 반날 동안이나 뚜벅뚜벅 걷고 장터 있는 마을에 거의 가까웠을 때, 거친 나귀가 한바탕 우렁차게 울면, 더구나 그것이 저녁녘이어서 등불들이 어둠 속에 깜박거릴 무렵이면, 늘 당하는 것이건만 허 생원은 변하지 않고 언제든지 가슴이 뛰놀았다.

젊은 시절에는 알뜰하게 벌어 돈푼이나 모아 본 적도 있기는 있었으나, 읍내에 백중이 열린 해 호탕스럽게 놀고 투전을 하고 하여 사흘 동안에 다 털어 버렸다. 나귀까지 팔게 된 판이었으

나 애끊는 정분에 그것만은 이를 물고 단념하였다. 결국 도로아
미타불로 장돌림을 다시 시작할 수밖에는 없었다. 짐승을 데리
고 읍내를 도망해 나왔을 때에는 너를 팔지 않기 다행이었다고
길가에서 울면서 짐승의 등을 어루만졌던 것이었다. 빚을 지기
시작하니 재산을 모을 염은 당초에 틀리고 간신히 입에 풀칠을
하러 장에서 장으로 돌아다니게 되었다.

　호탕스럽게 놀았다고는 하여도 계집 하나 후려 보지는 못하
였다. 계집이란 쌀쌀하고 매정한 것이었다. 평생 인연이 없는
것이라고 신세가 서글퍼졌다. 일신에 가까운 것이라고는 언제
나 변함없는 한 필의 당나귀였다.

　그렇다고는 하여도 꼭 한 번의 첫 일을 잊을 수는 없었다. 뒤
에도 처음에도 없는 단 한 번의 괴이한 인연! 봉평에 다니기 시
작한 젊은 시절의 일이었으나 그것을 생각할 적만은 그도 산 보
람을 느꼈다.

　"달밤이었으나 어떻게 해서 그렇게 됐는지 지금 생각해도 도
무지 알 수 없어."

　허 생원은 오늘밤도 또 그 이야기를 끄집어내려는 것이다. 조
선달은 친구가 된 이래 귀에 못이 박히도록 들어 왔다. 그렇다
고 싫증을 낼 수도 없었으나 허 생원은 시치미를 떼고 되풀이할
대로는 되풀이하고야 말았다.

"달밤에는 그런 이야기가 격에 맞거든."

조 선달 편을 바라는 보았으나 물론 미안해서가 아니라 달빛에 감동하여서였다. 이지러는 졌으나 보름을 갓 지난 달은 부드러운 빛을 흐뭇이 흘리고 있다. 대화까지는 팔십 리의 밤길, 고개를 둘이나 넘고 개울을 하나 건너고 벌판과 산길을 걸어야 된다. 길은 지금 긴 산허리에 걸려 있다. 밤중을 지난 무렵인지 죽은 듯이 고요한 속에서 짐승 같은 달의 숨소리가 손에 잡힐 듯이 들리며, 콩포기와 옥수수 잎새가 한층 달에 푸르게 젖었다. 산허리는 온통 메밀밭이어서 피기 시작한 꽃이 소금을 뿌린 듯이 흐뭇한 달빛에 숨이 막힐 지경이다. 붉은 대궁이 향기같이 애잔하고 나귀들의 걸음도 시원하다. 길이 좁은 까닭에 세 사람은 나귀를 타고 외줄로 늘어섰다. 방울 소리가 시원스럽게 딸랑딸랑 메밀밭께로 흘러간다. 앞장선 허 생원의 이야기 소리는 꽁무니에 선 동이에게는 확적히는 안 들렸으나, 그는 그대로 개운한 제멋에 적적하지는 않았다.

"장선 꼭 이런 날 밤이었네. 객줏집 토방이란 무더워서 잠이 들어야지. 밤중은 돼서 혼자 일어나 개울가에 목욕하러 나갔지. 봉평은 지금이나 그제나 마찬가지나 보이는 곳마다 메밀밭이어서 개울가가 어디 없이 하얀 꽃이야. 돌밭에 벗어도 좋을 것을 달이 너무나 밝은 까닭에 옷을 벗으러 물방앗간으로 들어가지 않았나. 이상한 일도 많지. 거기서 난데없는 성 서방네 처녀와 마주쳤단 말이네. 봉평서야 제일가는 일색이었지, 팔자에 있었나 부지."

아무렴 하고 응답하면서 말머리를 아끼는 듯이 한참이나 담배를 빨 뿐이었다. 구수한 자줏빛 연기가 밤기운 속에 흘러서는 녹았다.

"날 기다린 것은 아니었으나 그렇다고 달리 기다리는 놈팽이가 있는 것두 아니었네. 처녀는 울고 있단 말야. 짐작은 대고 있었으나 성 서방네는 한창 어려워서 들고 날 판인 때였지. 한집안 일이니 딸에겐들 걱정이 없을 리 있겠나? 좋은 데만 있으면 시집도 보내련만 시집은 죽어도 싫다지. 그러나 처녀란 울 때같이 정을 끄는 때가 있을까. 처음에는 놀라기도 한 눈치였으나 걱정 있을 때는 누그러지기도 쉬운 듯해서 이럭저럭 이야기가 되었네……. 생각하면 무섭고도 기막힌 밤이었어."

제천인지로 줄행랑을 놓은 건 그 다음 날이었다.

"다음 장도막에는 벌써 온 집안이 사라진 뒤였네. 장판은 소문에 발끈 뒤집혀 오죽해야 술집에 팔려 가기가 상수라고 처녀의 뒷공론이 자자들 하단 말이야. 제천 장판을 몇 번이나 뒤졌겠나. 허나 처녀의 꼴은 꿩 궈 먹은 자리야. 첫날밤이 마지막 밤이었지. 그때부터 봉평이 마음에 든 것이 반평생을 두고 다니게

168

되었네. 평생인들 잊을 수 있겠나."

"수 좋았지. 그렇게 신통한 일이란 쉽지 않어. 항용 못난 것 얻어 새끼 낳고 걱정 늘고 생각만 해두 진저리가 나지……. 그러나 늘그막바지까지 장돌뱅이로 지내기도 힘드는 노릇 아닌가. 난 가을까지만 하구 이 생애와도 하직하려네. 대화쯤에 조그만 전방이나 하나 벌이구 식구들을 부르겠어. 사시장천 뚜벅뚜벅 걷기란 여간이래야지."

"옛 처녀나 만나면 같이나 살까……. 난 거꾸러질 때까지 이 길 걷고 저 달 볼 테야."

산길을 벗어나니 큰길로 틔어졌다. 꽁무니의 동이도 앞으로 나서 나귀들은 가로 늘어섰다.

"총각두 젊겠다 지금이 한창 시절이렷다. 충줏집에서는 그만 실수를 해서 그 꼴이 되었으나 쉽게 생각 말게."

"처……천만에요. 되려 부끄러워요. 계집이란 지금 웬 제격인가요. 자나 깨나 어머니 생각뿐인데요."

허 생원의 이야기로 실심해한 끝이라 동이의 어조는 한풀 수그러진 것이었다.

"아비어미란 말에 가슴이 터지는 것도 같았으나 제겐 아버지가 없어요. 피붙이라고는 어머니 하나뿐인걸요."

"돌아가셨나?"

"당초부터 없어요."

"그런 법이 세상에⋯⋯."

생원과 선달이 야단스럽게 껄껄들 웃으니 동이는 정색하고 우길 수밖에는 없었다.

"부끄러워서 말하지 않으려 했으나 정말예요. 제천 촌에서 달도 차지 않은 아이를 낳고 어머니는 집을 쫓겨났죠. 우스운 이야기나 그러기 때문에 지금까지 아버지 얼굴도 본 적 없고, 있는 고장도 모르고 지내 와요."

고개가 앞에 놓인 까닭에 세 사람은 나귀를 내렸다. 둔덕은 험하고 입을 벌리기도 대근하여 이야기는 한동안 끊겼다. 나귀는 건둥하면 미끄러졌다. 허 생원은 숨이 차 몇 번이고 다리를 쉬지 않으면 안 되었다. 고개를 넘을 때마다 나이가 알렸다. 동이 같은 젊은 축이 끝이 없이 부러웠다. 땀이 등을 한바탕 쪽 씻어 내렸다.

고개 너머는 바로 개울이었다. 장마에 흘러 버린 널다리가 아직도 걸리지 않은 채 있는 까닭에 벗고 건너야 되었다. 고의를 벗어 띠로 등에 얽어매고 반 벌거숭이의 우스꽝스런 꼴로 물속에 뛰어들었다. 금방 땀을 흘린 뒤였으나 밤 물은 뼈를 찔렀다.

"그래 대체 기르긴 누가 기르구?"

"어머니는 하는 수 없이 의부를 얻어 가서 술장사를 시작했죠. 술이 고주래서 의부라고 전 망나니예요. 철들어서부터 맞기 시작한 것이 하룬들 편한 날 있었을까. 어머니는 말리다가 채이고 맞고 칼부림을 당하고 하니 집 꼴이 무어겠소. 열여덟 살 때 집을 뛰쳐나와서부터 이 짓이죠."

"총각 낫세론 동이 무던하다고 생각했더니 듣고 보니 딱한 신세로군."

물은 깊어 허리까지 채었다. 속 물살도 어지간히 센 데다가 발에 채이는 돌맹이도 미끄러워 금시에 홀칠 듯하였다. 나귀와 조 선달은 재빨리 거의 건넜으나 동이는 허 생원을 붙드느라고 두 사람은 훨씬 떨어졌다.

"모친의 친정은 원래부터 제천이었던가?"

"웬걸요. 시원스리 말은 안 해 주나 봉평이라는 것만은 들었지요."

"봉평? 그래, 그 아비 성은 무엇인구?"

"알 수 있나요. 도무지 듣지를 못했으니까."

"그, 그렇겠지."

하고 중얼거리며 흐려지는 눈을 까물까물하다가 허 생원은 경망하게도 발을 빗디뎠다. 앞으로 고꾸라지기가 바쁘게 몸째 풍덩 빠져 버렸다. 허비적거릴수록 몸을 걷잡을 수 없어 동이가 소리를 치며 가까이 왔을 때는 벌써 픽으나 흘렀었다. 옷채 졸짝 젖으니 물에 젖은 개보다도 더 참혹한 꼴이었다. 동이는 물속에서 어른을 햇갑게 업을 수 있었다. 젖었다고는 하여도 여윈 몸이라 장정 등에는 오히려 가벼웠다.

"이렇게까지 해서 안 됐네. 내 오늘 정신이 빠진 모양이야."

"염려하실 것 없어요."

"그래 모친은 아비를 찾지 않는 눈치지?"

"늘 한 번 만나고 싶다고는 하는데요."

"지금 어디 계신가?"

"의부와도 갈라져 제천에 있죠. 가을에는 봉평에 모셔 오려고 생각 중인데요. 이를 물고 벌면 이럭저럭 살아갈 수 있겠죠."

"아무렴 기특한 생각이야. 가을이랬나?"

동이의 탐탁한 등어리가 뼈에 사무쳐 따뜻하다. 물을 다 건넜을 때에는 도리어 서글픈 생각에 좀 더 업혔으면도 하였다.

"진종일 실수만 하니 웬일이오? 생원."

조 선달은 바라보며 기어코 웃음이 터졌다.

"나귀야. 나귀 생각하다 실족을 했어. 말 안 했던가? 저 꼴에 제법 새끼를 얻었단 말이지. 읍내 강릉집 피마(다 자란 암말)에게 말일세. 귀를 쫑긋 세우고 달랑달랑 뛰는 것이 나귀 새끼같이 귀여운 것이 있을까. 그것 보러 나는 일부러 읍내를 도는 때가 있다네."

"사람을 물에 빠뜨릴 젠 딴은 대단한 나귀새끼군."

허 생원은 젖은 옷을 웬만큼 짜서 입었다. 이가 덜덜 갈리고 가슴이 떨리고 몹시도 추웠으나 마음은 알 수 없이 둥실둥실 가벼웠다.

"주막까지 부지런히 가세나. 뜰에 불을 피우고 훗훗이 쉬어. 나귀에겐 더운물을 끓여 주고, 내일 대화장 보고는 제천이다."

"생원도 제천으로……?"

"오래간만에 가 보고 싶어. 동행하려나, 동이?"

나귀가 걷기 시작하였을 때, 동이의 채찍은 왼손에 있었다. 오랫동안 아둑신이(아둑시니 : 겉으로는 멀쩡하나 실상은 보지 못하는 눈. 청맹과니)같이 눈이 어둡던 허 생원도 요번만은 동이의 왼손잡이가 눈에 띄지 않을 수 없었다.

걸음도 햇갑고 방울소리가 밤 벌판에 한층 청청하게 울렸다.

달이 어지간히 기울어졌다.

장미 병들다

싸움이라는 것을 허다하게 보았으나 그렇게도 짧고 어처구
니없고, 그러면서도 싸움의 진리를 여실하게 드러낸 것은 드물
었다. 받고 차고 찢고 고함치고 욕하고 발악하다가 나중에는 피
차에 지쳐서 쓰러져 버리는, 그런 싸움이 아니라 맞고 넘어지고
항복하고 그뿐이었다. 처음도 뒤도 없이 깨끗하고 선명하여 마
치 긴 이야기의 앞뒤를 잘라 버린 필름의 몇 토막과도 같이 신
선한 인상을 주는 것이었다. 그 신선한 인상이 마침 영화관을
나와 그 길을 지나던 현보와 남죽 두 사람의 발을 문득 머무르
게 하였는지도 모른다. 그러나 두 사람이 사람들 속에 한몫 끼
여 섰을 때에는 싸움은 벌써 끝물이었다.

영화관, 음식점, 카페, 매약점 등이 어수선하게 즐비하여 있는 뒷거리 저녁때, 바로 주렴을 드리운 식당 문 앞이었다.

그 식당의 쿡으로 보이는 흰 옷에 흰 주발 모자를 얹은 두 사람의 싸움이었으나 한 사람은 육중한 장골이요, 한 사람은 까무잡잡한 약질이어서 하기는 그 체질에 벌써 승패가 달렸던지도 모른다. 대체 무엇이 싸움의 원인이며 원한의 근거였는지도 모르나 하루아침에 문득 생긴 분김이 아니요, 오래 두고 엉겼던 불만의 화풀이임은 두 사람의 태도로써 족히 추측할 수 있었다. 말로 겨루다 못해 마지막 수단으로 주먹다짐에 맡기게 된 것임은 부락스런 두 사람의 주먹살에 나타났었으니, 약질의 살기를 띤 암팡진 공격에 한 번 주춤하였던 장골은 갑절의 힘을 주먹에 다져 쥐고 그의 면상을 오돌지게 욱박았다.

소리를 치며 뒤로 쓰러지는 바람에 문 앞에 세웠던 나무 분이 넘어지며 분이 깨뜨려지고 노간주나무가 솟아났다.

면상을 손으로 가리워 쥐고 비슬비슬 일어서서 달려들려 할 때, 장골의 두 번째 주먹에 다시 무르게도 넘어지고 말았다. 땅 위에 문질러져서 얼굴은 두어 군데 검붉게 피가 배고 두 줄기의 코피가 실오리 같은 가느다란 줄을 그으면서 흘렀다. 단번에 혼몽하게 지쳐서 쭉 늘어졌음에도 불구하고 약질은 간신히 몸을 세우고 다시 한 번 개신개신 일어서서 장골에게 몸을 던지다가 장골이 날쌔게 몸을 피하는 바람에 걸어 보지도 못한 채 또 나가쓰러지고야 말았다. 한참이나 죽은 듯이 고요한 속에서 코만 흑흑 울리더니 마른 땅에는 금시에 피가 흘러 넓게 퍼지기 시작하였다.

"졌다!"

짧게 한마디, 그러나 분한 듯이 외쳤으니 그것으로 싸움은 끝난 셈이었다.

"항복이냐?"

장골은 늠실도 하지 않고 마치 그 벅찬 힘과 마음에 티끌만큼의 영향도 받지 않은 듯이 유들유들하게 적수를 내려다보았다.

"힘이 부쳐 그렇지, 그리 쉽게 항복이야 하겠나."

"뼈다구에 힘 좀 맺히거든 다시 덤비렴."

"아무럼, 그때까지 네 목숨 하나 살려 둔다."

의젓하고 유유하게 대꾸하면서 약질이 피투성이의 얼굴을 넌지시 쳐들었을 때 현보는 그 끔찍한 꼴에 소름이 끼쳐서 모르는 결에 남죽의 소매를 끌었다. 남죽도 현장에서 얼굴을 피하여 재촉을 기다릴 겨를 없이 급히 발을 돌렸다.

한참 동안 말이 없었다. 우연히 목도하게 된 그 돌연한 장면에서 받은 감격이 너무도 컸다.

강하고 약하고 이기고 지고……. 이 두 길뿐. 지극히 간단하다. 강약이 부동으로 억센 장골 앞에서는 약질은 욕을 보고 그 자리에 폭싹 쓰러져 버리는 그 일장의 싸움 속에서 우연히 시대를 들여다본 듯하여져서 너무도 짙은 암시에 현보는 마음이 얼떨떨하였다. 흡사 약질같이 자기도 호되게 얻어맞고 피를 흘리며 쓰러져 있는 듯도 한 실감이 전신을 저리게 흘렀다.

"영화의 한 토막과 같이 아름답지 않아요? 슬프지 않아요?"

역시 그 장면에서 받은 감동을 말하는 남죽의 눈에는 눈물이 어리어 보였다. 아름답다는 것은 패한 편을 동정함일까? 아름다운 까닭에 슬프고 슬프리만큼 아름다운 것……. 눈물까지 흘리게 한 것은 별수 없이 그나 누구나가 처하여 있는 현대의 의식에서 온 것임을 생각하면서 현보는 남죽을 뒤세우고 거릿목 찻집 문을 밀었다.

차를 청해 마실 때까지도 현보와 남죽은 그 싸움의 감동이 좀체 사사지지 않아서 피차에 별로 말도 없었다. 불쾌하다니보다는 슬픈 인상이었다.

슬픔으로 인하여 아름다운 것이었음을 남죽과 같이 현보도 느끼게 되었다. 그렇게까지 신경을 민첩하게 일으켜 세우게 된 것은 방금 보고 나온 영화 때문이었던지도 모른다. 영화관에는 마침 〈목격자〉가 걸려 있어서 우연히 보게 된 아름다운 한 편의 장면 장면 남죽을 울렸다.

전체로 슬픈 이야기였으나 가련한 주인공의 운명과 애잔한 여주인공의 자태가 한층 마음을 찔렀다. 억울한 혐의로 아버지를 여읜 어린 자식을 데리고 늙은 어머니가 어둡고 처량한 저녁에 무덤 쪽을 바라보는 장면과 저녁때의 빈민가(貧民街) 다리 아래 장면과는 금시에 눈물을 솟게 하였다.

다리 아래 장면에서는 거지의 자동 풍금 소리에 집집에서 뛰어나온 가난한 빈민들이 그 슬픈 음악에 맞추어 춤을 추기 시작하였다. 요란한 소리를 듣고 순경이 달려와서 춤을 금하고 사람들을 헤칠 때 억울한 혐의로 아버지를 재판한 늙은 검사는 양심의 가책을 조금이라도 덜려고 가난한 사람들을 위해 항의를 하나 용납되지 못하고 사람들은 하는 수 없이 비슬비슬 그 자리를 헤어진다. 어두운 속에서 남죽은 흐르는 눈물을 손수건으로 몇 번이고 훔쳐 냈다. 눈물로 부덕부덕한 얼굴을 가지고 거리에 나오자 당면하게 된 것이 싸움의 장면이었다. 여러 가지의 감동이 한데 합쳐서 새 눈물을 자아내게 한 것이다.

하기는 남죽들의 현재의 형편 그것이 벌써 눈물 이상의 것이기는 하다. 두 주일 이상을 겪고 나온 것이 불과 며칠 전이었다. 남죽은 현재 초라한 꼴, 빈 주머니에 고향에 돌아갈 능력도 없고, 그렇다고 다른 도리도 없이 진퇴유곡의 처지에 있는 셈이었다. 〈목격자〉 속의 주인공들보다 조금도 나을 것이 없었다. 현보와 막연히 하루를 지우려 영화 구경을 나선 것도 또렷한 지향 없이 닥치는 대로 길 그 자리의 뜻이었다. 온전히 그날그날의 떠도는 부평초요, 키 잃은 배요, 목표 없는 생활이었다.

극단 '문화좌'가 설립되자마자 와해된 것이 두 주일 전이었다. 지방 공연이라는 점에 중점을 두려고 일부러 서울을 떠나 지방의 도회로 내려와 기폭을 든 것이었으나 그것이 도리어 화되어 엄격한 수준에 걸린 것이었다.

인원을 짜고 각본을 선택하고 모든 준비를 마친 후 첫째 공연을 내려왔던 것이 그닷한 이유 없이 의외에도 거슬리는 바 되어 한꺼번에 몰아가 버렸다. 거듭 돌아보아야 그럴 만한 원인도 없었고 다만 첩첩한 시대의 구름의 탓임이 짐작될 뿐이었다.

각본을 맡은 현보는 고향이 바로 그곳인 탓으로인지 의외에도 속히 놓이게 되고 뒤를 이어 남죽 또한 수월하게 풀리게 되었으나 나머지 인원들은 자본을 댄 민삼, 연출을 맡은 인수, 배우인 학준, 그 외 몇몇은 아직도 날이 먼 듯하였다.

먼저 나오기는 하였으나 현보와 남죽은 남은 동무들을 생각하고, 또 한 가지 자신들의 신세를 돌아보고 우울하기 짝이 없었다. 하는 노릇 없이 허구한 날 거리를 헤매는 수밖에 없던 현보와 역시 별 목표 없이 유행 가수를 지원해 보았다 배우로 돌아서 보았다 하던 남죽에게 극단의 설립은 한 희망이요 자극이어서 별안간 보람 있는 길을 찾은 듯도 하여 마음이 뛰고 흥이 나던 것이, 의외의 타격에 기를 꺾이고 나니 도로 제자리에 주저앉은 셈이었다.

파랗게 우러러보이던 하늘이 조각조각 부서져 버리고 다시 어두운 구렁텅이로 밀려 빠진 격이었다.

현보의 창작 각본 〈헐어진 무대〉와 오닐의 번역극 〈고래〉의 한 막이 상연 예정이어서 남죽은 그 두 각본의 여주인공의 구실을 자기의 비위에 맞는 것으로 그지없이 자랑하였다. 예술적 흥분 외에 또 한 가지의 기쁨은 그런 줄 모르고 내려왔던 길에 구면인 현보를 7년 만에 뜻밖에 다시 만나게 된 것이었다. 이 기우는 현보에게도 물론 큰 놀람이자 기쁨이었다.

극단의 주목을 보게 된 민삼이 서울서 적어 내려 보낸 인원의 열 명 속에 여배우 혜련의 이름을 발견하고 현보는 자기 작품의 주연을 맡은 그 여배우가 대체 어떤 인물일꼬 하고 호기심이 일어났을 뿐, 무심히 덮어 두었던 것이 막상 일행이 내려와 처음으로 상면하게 되었을 때 그가 바로 남죽임을 알고 어지간히 놀랐던 것이다.

혜련은 여배우로서의 예명이었다. 7년 전에 알고는 그 후 까닭 소식을 몰랐던 남죽은 그런 경우 그런 꼴로 우연히 만나게 될 줄이야 피차에 짐작도 못하였던 것이다.

지난날을 돌아보면서 그날 밤 둘은 끝없는 이야기와 추억에 잠겼다. 서울서 학교에 다닐 때 우연히 세죽 남죽 자매를 알게 된 것은 그들이 경영하여 가는 책점 대중원에 출입하게 된 때부터였다. 대중원은 세죽이 단독 경영하여 가는 것이었고 남죽은 다시 여학교에서 공부하는 몸으로 형의 가게에 기숙하고 있는 셈이었다. 세죽의 남편이 사건으로 들어가기 전에 뒷일을 예료하고 가족들의 호구지책으로 미리 벌던 것이 소규모의 책점 대중원이었다. 남편의 놓일 날을 몇 해고 간에 기다려 가면서 세죽은 적막한 홀몸으로 가게를 알뜰히 보면서 어린것과 동생 남죽의 시중을 정성껏 들어 왔다.

  남죽은 어린 나이에 철이 들어서 가게에 벌여 놓은 진보적 서적을 모조리 읽은 나머지 마지막 학년 때에는 오돌지게도 학교에 일어난 사건을 지도하다가 실패한 끝에 쫓겨났다. 학업을 이루지 못한 채 고향에 내려갈 수도 없어 그 후로는 별수 없이 가게 일을 도울 뿐 건둥건둥 날을 지우는 수밖에는 없었다.

  소설을 닥치는 대로 읽어 대고 아름다운 목청을 놓아 노래를 불러 대곤 하였다. 목소리를 닦아서 나중에 음악가가 되어 볼까도 생각하고, 얼굴의 윤곽이 어글어글한 것을 자랑삼아 영화배우로 나갈까도 꿈꾸었다. 그 시기의 그를 꾸준히 관찰할 수 있는 기회를 가졌던 현보는 그 남다른 환경에서 자라 가는 늠출한 처녀의 자태 속에 물론 시대적 정열과 생장도 보았으나 더 많이 아름다운 감상과 애끓는 꿈을 엿보았던 것이다.

단발한 머리를 부수수 헤뜨리고 밋밋하고 건강한 육체로 고운 멜로디를 읊조릴 때에는 그의 몸 그대로가 구석구석에 아름다운 꿈을 함빡 머금은 흐뭇한 꽃이었다. 건강한, 그러나 상하기 쉬운 한 송이의 꽃이었다.

참으로 아담한 꽃을 보는 심사로 현보는 남죽을 보아 왔다.

그러나 현보가 학교를 마치고 서울을 떠날 때가 그들과의 접촉의 마지막이었으니 동경에 건너가 몇 해를 군 뒤 고향에 나와 일없이 지내게 된 전후 며칠 동안 다만 책점 대중원이 없어졌다는 소문을 풍편에 들었을 뿐이지, 그 뒤 그들이 고향인 관북으로 내려갔는지 어쨌는지 남죽과 세죽의 소식은 생각해 보지도 못했고 미처 생각에 떠오르지도 않았다.

그만한 여유조차 없는 것은 다른 사람의 생각은커녕 자신의 생활이 눈앞에 가로막히게 되었고 무엇보다도 현대인으로서의 자기 개인에 대한 생각이 줄을 찾기 어렵게 갈피갈피로 찢어졌다 갈라졌다 하여 뒤섞이는 까닭이었다. 7년 후에 우연히 만나고 보니 시대의 파도에 농락되어 꿈은 조각조각 사라지고 피차에 그 꼴이었다. 하기는 그나마 무대 배우로 나타난 남죽의 자태에 옛 꿈의 한 조각이 아직도 간당간당 달려 있는 셈인지도 모르나 아담하던 꽃은 벌써 좀먹기 시작한, 그 어딘지 휘줄그러진 한 송이임을 현보는 또렷이 느꼈다.

시간을 보고 찻집을 나와 현보는 남죽을 데리고 큰거리 백화점으로 향하였다. 준구와 만나자는 약속이었다. 가난한 교사를 졸라 댐은 마치 벼룩의 피를 긁어내려는 격이었으나 그러나 현보로서는 가장 가까운 동무이므로 준구에게 터놓고 남죽의 여비의 주선을 비추어 둔 것이었다.

남죽에게는 지금 '살까 죽을까가 문제'가 아니라 〈목격자〉 속의 빈민들에게 거리의 음악이 필요하듯이 고향으로 내려갈 여비가 필요하였다. 꿈의 마지막 조각까지 부서져 버린 이제 별수없이 고향으로 내려가 몸도 쉬고 마음도 가다듬는 수밖에는 없었다. 고향은 넓은 수성 평야의 한가운데여서 거기에는 형 세죽이 밭을 가꾸고 염소를 기르고 있다는 것이었다.

남편이 한 번 놓았다 재차 들어가게 된 후 세죽은 이번에는 고향에다 편편하게 자리를 잡고 서점 대신에 평야의 한복판에서 염소를 기르게 되었다는 것이다. 도회에 지친 남죽에게는 지금 무엇보다 염소의 젖이 그리웠다. 염소의 젖을 벌떡벌떡 마시고 기운차게 소생됨이 한 가지의 원이었다.

몇십 원의 노자쯤을 동무에게까지 빌리기가 현보로서는 보람 없는 노릇이었으나 늘 메말라서 누런 '현대의 악마'와는 인연이 먼 그로서는 하는 수 없는 것이었다. 찻집이라도 경영해 볼까 하다가 아버지에게 호통을 들은 뒤부터는 돈을 타 쓰기가 불쾌하여서 주머니에는 차 한 잔 값조차 떨어질 때가 있었다.

누구나 다 말하기를 꺼려하고 적어도 초연한 듯이 보이려고 하는 '돈'의 명제가 요새 와서는 말하기 부끄러우리만큼 자나깨나 현보의 머리를 차지하게 되었다. 그 '악마'에 대한 절실한 인식은 일종의 용기를 낳아서 부끄러울 것 없이 준구에게 여비 일건을 부탁하고 남죽에게는 고향 언니에게도 간청의 편지를 내도록 천연스럽게 일렀던 것이다. 그러나 막상 휘줄그레한 포라 양복에 땀에 젖은 모자를 쓴 가련한 그를 대하였을 때 현보는 준구에게 그것을 부탁하였던 것을 일순 뉘우쳤다. 휘답답한 그의 꼴이 자기 꼴과 매일반임을 보았던 까닭이다. 그래도 의젓한 걸음으로 층계를 걸어 올라 식당에 들어가 두 사람에게 자리를 권하고 음식을 분부하고 난 후, 준구는 손수건을 내서 꺼릴 것 없이 얼굴과 가슴의 땀을 한바탕 훔쳐 냈다.

"양해하게. 집에는 아이들이 들끓구 아내는 만삭이 되어서 배가 태산 같은데두 아직 산파두 못 댔네. 다달이 빚쟁이들은 한두릅씩 문간에 와 왕머구리같이 와글와글 짖어 대구……. 어쩌다가 이렇게 됐는지 이제는 벌써 자살의 길밖에는 눈앞이 보이는 것이 없네……. 별수 있던가. 또 교장에게 구구히 사정을 하구 한 장을 간신히 돌려 왔네. 약소해서 미안하나 보태 쓰도록이나 하게."

봉투에 넣고 말고 풀 없이 꾸겨진 지전 한 장을 주머니에서 불쑥 집어내어서 현보의 손에 쥐어 주는 것이다. 현보는 불현듯 가슴이 찌르르하고 눈시울이 뜨거웠다. 손 안에 남은 부풀어진 지전과 땀 밴 동무에 손의 체온에 찐득한 우정이 친친 얽혀서 불시에 가슴을 쥔 것이다.

남죽은 새삼스럽게 고맙다는 뜻을 표하기도 겸연쩍어서 똑 바로 그를 바라보지도 못하고 시선을 식탁 위에 떨어뜨린 채 손가락으로 머리카락을 오리오리 매만질 뿐이었다. 낮이 익지도 못한 여자의 앞에서까지 가리울 것 없이 집안 사정 이야기를 터놓고 하지 않으면 안 되는 가난한 시민의 자태가 딱하고 측은하고 용감하여서 그 순간 그 자리에서 살며시 꺼지고도 싶은 무거운 좌중의 기분이었다.

거리에 나와 준구와 작별한 뒤까지도 현보들은 심사가 몹시 울가망하였다. 현보는 집에 돌아가기가 울적하고 남죽 또한 답답한 숙소에 일찍 들어서기가 싫어서 대중없이 밤거리를 거닐기 시작하였다. 동무가 일껏 구해 준 땀내 나는 돈을 도로 돌릴 수도 없어 그대로 지니기는 하였으나 갖출 것도 있고 하여 여비로는 적어도 그 다섯 갑절이 소용이었다. 현보는 다른 방법을 생각하기로 하고 그 한 장 돈의 운명을 온전히 그날 밤의 발길의 저항에 맡기기로 하였다.

레코드나 걸고 폭스트롯이나 마음껏 추어 보았으면 하는 것이 남죽의 청이었으나 거리에는 춤을 출 만한 것이 없고 현보 자신이 춤을 모르는 까닭에 뒷골목을 거닐다가 결국 조촐한 바에 들어갔다. 솔내 나는 '진'을 남죽은 사양하지 않고 몇 잔이나 거듭 마셨다. 어느 결에 주량조차 그렇게 늘었나 하고 현보는 놀라고 탄복하였다. 제법 술자리를 잡고 얼굴은 붉게 물들이고 뭇 사내의 시선 속에서 어울려 나가는 솜씨는 상당한 것으로 보였다. 술이 어지간히 돌았는지 체면 불구하고 레코드에 맞추어 몸을 으쓱거리더니 나중에는 자리를 일어서서 자세를 하고 발끝으로 달가락달가락 춤을 추는 것이었다.

현보 역시 취흥을 못 이겨 굳이 그를 말리지 않고 현혹한 눈으로 도리어 그의 신기한 재주를 바라볼 뿐이었다. 술은 요술쟁이인지 혹은 춤추는 세상의 도덕은 원해 허랑한 것인지 이해하기 어려운 것은 맞은편 자리에 앉았던, 아까 남죽의 귀에다 귓속말로 거리의 부랑자 백만장자의 아들이라고 가르쳐 주었던 그 사나이가 성큼 일어서서 남죽에게 춤을 청하는 것이었고, 더 이상한 것은 남죽이 즉시 응하여 팔을 겨루고 스텝을 밟기 시작한 것이다. 그것이 춤의 도덕인가 보다고만 하고 현보는 웃는 낯으로 한참이나 바라보고 있었으나 손님들의 비난의 소리 속에서 별안간 여급이 달려와서 춤은 금물이라고 질색하고 두 사람을 가르는 바람에 현보는 문득 정신이 들면서 이 난잡한 꼴에 새삼스럽게 눈썹이 찌푸려졌다.

남죽의 취중의 행동도 지나쳐 허랑한 것이었으나 별안간 나타난 부랑자의 유들유들한 심보가 괘씸하게 느껴져서 주위에 대한 체면과 불쾌한 생각에, 책임상 비틀거리는 남죽의 팔을 끌고 즉시 그 자리를 나와 버렸다. 쓸데없이 허튼 곳에 그를 끌어온 것이 뉘우쳐져서 분이 좀체 가라앉지 않았다.

"아무리 부랑자기로 생면부지에 소락소락……. 안된 녀석."

"노여하실 것 없는 것이 춤추는 사람끼리는 춤을 청하는 것이 모욕이 아니라 도리어 존경의 뜻인걸요. 제법 춤의 격식이 익숙하던데요."

남죽의 항의에는 한마디도 대꾸할 바를 몰랐으나 그러면 그 괘씸한 심사는 질투에서 나온 것이었던가? 그렇다면 남죽을 얼마나 사랑하고 있는 셈인가 하고 현보는 자신의 마음을 가지가지로 의심하여 보았다.

"……참기 싫어요, 견딜 수 없어요, 죄수같이 이 벽 속에만 갇혀 있기가. 어서 데려가 주세요, 데에빗. 이곳을 나갈 수 없으면, 이 무서운 배에서 나갈 수 없으면 금방 미칠 것두 같아요. 집에 데려다 주세요, 데에빗. 벌써 아무것도 생각할 수 없어요. 추위와 침묵이 머리를 가위같이 누르는걸요. 무서워, 얼른 집에 데려다 주세요."

남죽은 남죽으로서 딴소리를, 듣고 보니 오닐의 〈고래〉의 구절구절을 아직도 취흥에 겨운 목소리로 대로상에서 마치 무대에서와 같은 감정으로 외치는 것이었다. 북극 해상에서 애니가 남편인 선장에게 애원하고 호소하는 그 소리는 그대로가 바로 남죽 자신의 절실한 하소연이기도 하였다.

"……이런 생활은 나를 죽여요. 이 추위, 무서움. 공기가 나를 협박해요……. 이 적막. 가는 날 오는 날 허구한 날 똑같은 회색 하늘. 참을 수 없어요. 미치겠어요. 미치는 것이 손에 잡힐 듯이 알려요. 나를 사랑하거든 제발 집에 데려다 주세요. 원이에요. 데려다 주세요……."

이튿날도 또 하루 목표 없는 지난날의 연속이었다.

간밤의 무더운 기억도 있고 남죽에게 대한 말끔하게 청산하지 못한 뒤를 끄는 감정도 남아 있고 하여 현보는 오후도 훨씬 늦어서 남죽을 찾았다. 아직도 눈알이 붉고 정신이 개운하지 못한 남죽의 청을 들어 소풍 겸 강으로 나갔다.

서선 지방의 그 도회는 산도 아름다우려니와 물의 고을이어서 여름 한철이면 강 위에는 배가 흔하게 떴다. 나룻배, 고깃배, 석탄배 외에 지붕을 덩그렇게 단 놀잇배와 보트와 모터보트가 강 위를 촘촘하게 덮었다. 놀잇배에서는 노래가 흐르고 춤이 보여서 무르녹은 나무 그림자를 띄운 강 위는 즐거운 유원지로 변한다. 산 너머 저편은 바로 도회에서 생활과 싸움으로 들복닥거리건만 산 건너 이 편은 그와는 별세상인 양 웃음과 노래와 흥이 지천으로 물 위를 흘렀다.

현보와 남죽도 보트를 세내서 타고 그 속에 한몫 끼워서 시원한 물세상 사람이 된 듯도 싶었다. 백양나무가 늘어선 위로 흰 구름이 뭉실뭉실 떠서 강 위에서는 능라도 일대의 풍경이 아름다웠다. 현보는 손수 노를 저으면서 물결을 거슬러 올라가 섬께로 향하였다. 속을 헤아릴 수 없는 푸른 물결이 뱃전을 찰싹찰싹 쳤다.

"언니에게서 편지가 왔는데……. 요새는 염소 젖두 적구 그렇게 쉽게 노자를 구할 수 없다나요."

남죽은 소매 속에서 집어 낸 편지를 봉투째 서너 조각으로 쭉쭉 찢더니 물 위에 살며시 띄웠다. 별로 언니를 원망하는 표정도 아니요, 다만 침착한 한마디의 보고였다.

"며칠 동안 카페에 들어가 여급 노릇으로 돈을 벌어 볼까요?"

이 역시 원망의 소리가 아니고 침착한 농담으로 들리기는 하였으나 그 어디인지 자포자기의 기색이 보이지 않는 것도 아니었다.

"차차 무슨 방법이든지 있을 텐데 무얼 그리 조급하게 군단 말요."

현보는 당찮은 생각은 당초에 말살시켜 버리려는 듯이 어세가 급하고 퉁명스러웠다. 그러나 고향을 그리는 남죽의 원은 한결같이 절실하였다.

"얼음 속에 갇혀 있으면 추억조차 흐려지나 봐요. 벌써 머언 옛일 같아요……. 지금은 6월 라일락이 뜰 앞에 한창이고 담 위 장미는 벌써 봉오리가 앉았을걸요."

이것은 남죽이 늘 즐겨서 외는 〈고래〉 속의 한 구절이었으나 남죽의 대사는 이것으로서 그치는 것이 아니었다. 물 위에 둥둥 떠서 멀리 사라지는 찢어진 편지 조각을 바라보며 남죽의 고향을 그리는 정은 줄기줄기 면면하였다.

"솔골서 시작해서 바다 있는 쪽으로 평야를 꿰뚫은 흰 방축이 바로 마을 앞을 높게 내달고 있어요. 방축이라니 그렇게 긴 방축이 어디 있겠어요. 포플러나무가 모여서고 국제 열차가 갈리는 정거장 근처를 지나 바다까지 근 십 리 장간을 일직선으로 뻗쳤는데 인도교와 철교 사이를 거닐기에두 이십 분이나 걸려요. 물 한 방울 없는 모래 개천을 끼고 내달은 넓은 둑은 희고 곧고 깨끗해서 마치 푸른 풀밭에 백묵으로 무한대의 일직선을 그은 것두 같구, 둑 양편으로 잔디가 쪽 깔린 속에 쑥이 나고 패랭이꽃이 피어서 저녁 해가 짜링짜링 쬐면 메뚜기와 찌르레기가 처량하게 울지요. 풀밭에는 소가 누운 위로 이름 모를 새가 풀 위를 스치면서 얕게 날고 마을로 향한 한쪽에는 조, 수수, 옥수수 밭이 연하여서 일하는 처녀아이가 두어 사람씩은 보이죠. 여름 한철이면 조카아이와 같이 염소를 끌고 그 둑 위를 거닐면서 세월없이 풀을 먹여요. 항구를 떠난 국제 열차가 산모퉁이를 돌아 기적 소리가 길게 벌판을 울려올 때, 풀 먹던 소는 문득 뿔을 세우고 수염을 드리우고 에헤헤헤헤 하고 새침하게 한바탕 울어 대군 해요. 마을 앞의 그 둑을 고향의 그 벌판을! 나는 얼마나 사랑하는지 몰라요. 그리운지 모르겠어요."

남죽의 장황한 고향의 묘사는 무대 위에서와는 또 다르게 고요한 강물 위를 자유롭게 흘러내렸다. 놀잇배에서 흘러나오는 레코드의 음악이 속된 유행가가 아니고 만약 교향악의 반주였던들 남죽의 대사는 마디마디 아름다운 전원 교향악으로 들렸을 것이다. 그이 '전원 교향악'에 취하였던 것은 아니나 그의 고향에 대한, 적어도 현재 이외의 생활에 대한 그리운 정이 얼마나 간절한가를 느끼며 현보는 속히 여비를 구해야 할 것을 절실히 생각하면서도 능라도와 반월도 사이의 여울로 배를 저어 올렸다. 얕아는 졌으나 센 물살을 거슬러 저으면서 섬에 오를 만한 알맞은 물기슭을 찾았다.

"첫가을이면 송이의 시절. 좀 이르면 솔골로 표송이 따러 가는 마을 사람들이 둑 위를 희끗희끗 올라가기 시작하겠어요. 봉곳이 흙을 떠받들고 올라오는 송이를 찾았을 때의 기쁨! 바구니에 듬직하게 따 가지고 식구들과 함께 둑길을 내려올 때면 송이의 향기가 전신에 흠뻑 배이지요. 풋송이의 향기…… 〈고래〉속의 라일락의 향기 이상으로 제겐 그리운 것예요."

듣는 동안에 보지 못한 곳이언만 현보에게도 그의 말하는 고향이 한없이 그리운 것으로 생각되었다. 모래바닥이 보이는 강가로 배를 몰아 놓고 섬기슭을 잡으려 할 때 배가 몹시 요동하는 바람에 꿈에 잠겼던 남죽은 금시에 정신이 깬 모양이었다. 백양나무가 늘어선 사이로 새 풀이 우거져서 섬 속은 단걸음에 뛰어 들어가고도 싶게 온통 푸르게 엿보였다. 발을 벗고 물속을 걷기도 귀찮아서 남죽은 뱃전에 올라서서 한 걸음에 기슭까지 뛰어 건너려 하였다. 뒤뚝거리는 배를 현보가 뒤에서 붙들기는 하였으나 원체 물의 거리가 먼 데다가 남죽은 못 미치는 다리에 풀뿌리를 밟은 까닭에 껑청 발을 건너자 배가 급각도로 기울어지며 현보가 위태하다고 느꼈을 순간 풀뿌리에서 미끄러지며 볼 동안에 전신을 물속에 채워 버렸다. 현보가 즉시 신발째로 뛰어들어 그의 몸을 붙들어 일으키기는 하였으나 전신은 물에 빠진 쥐였다. 팔에 걸린 몸이 빨랫짐같이도 차고 무거웠다.

하루의 작정이 흐려지고 섬의 행락이 틀어졌다. 소풍이 지나쳐 목욕이 된 셈이나 물에 빠진 꼴로는 사람들 숲에 섞일 수도 없어 두 사람은 외따로 떨어져 섬 속의 양지를 찾았다. 사람들이 엿보지 못하는 호젓한 외딴 곳에서 젖은 옷을 대충 말리는 수밖에는 없었다. 현보는 신과 바지를 벗어서 널고 남죽은 속옷만을 남기고 치마저고리를 벗어서 양지쪽 풀밭에 펴놓았다. 차라리 해수욕복이나 입었던들 피차에 과히 야릇한 꼴들은 아니었을 것이나 옷을 반씩들 벗은 이지러진 자태, 마치 꼬리와 죽지를 뽑히고 물벼락을 맞은 자웅의 닭과도 같은 허수한 꼴들은 한층 우스운 것이었다. 더구나 팔다리와 어깨를 온전히 드러내고 젖어서 몸에 붙은 속옷 바람으로 풀밭에 선 남죽의 꼴은 더욱 보기 딱한 것이어서 그 자신은 그다지 시스러워 여기지 않음에도 현보는 똑바로 보기 어려워 자주 외면하지 않을 수 없었다. 별수 없이 그 꼴 그대로 틀어진 반날을 옷 말리기에 허비하고 해가 진 후 채 마르지도 못한 축축한 옷을 떨쳐입고 다시 배를 젓고 내려올 때, 두 사람은 불시에 마주 보고 껄껄껄 웃어 댔다. 하루의 이지러진 희극을 즐겁게 끝막으려는 듯 웃음소리는 고요한 저녁 강 위에 낭랑하게 퍼졌다.

그 꼴로 혼자 돌려보내기가 가여워서 현보는 그 길로 남죽의 숙소에 들른 채 처음으로 밤이 이슥할 때까지 같이 지내게 되었다. 뜻 속의 것이었던지 혹은 뜻밖의 것이었던지 그날 밤 현보는 또한 남죽과 모든 열정을 주고받았다. 그것은 반드시 한쪽의 치우친 감정의 발작이 아니라 피차의 똑같은 감정의, 말하자면 공동 합작이었으며 그 감정 또한 우연한 돌발적인 것이 아니요 참으로 칠 년 전부터 내려오는 묵고 익은 감정의 합류였다. 늦은 밤거리에 나왔을 때 현보는 찬란한 세상을 겪은 뒤의 커다란 피곤을 일시에 느꼈다.

일이 일인 만큼 큰 경험 후에 오는 하루를 현보는 집에 묻힌 채 가지가지 생각에 잠겼다. 묵은 감정의 합류라고는 하더라도 하필 그 시간에 폭발된 것은 이때까지 피차에 감정을 감추고 시험해 왔던 까닭일까. 그런 감정에는 반드시 기회라는 것이 필요한 탓일까 생각하였다. 결국 장구한 시기를 두었다가 알맞은 때를 가늠 보아 피차에 훔쳐 낸 감정에 지나지 않았다. 사랑이라기에는 너무도 어처구니없는 것인지는 모르나 그러나 사랑이 아니라고 할 수도 없는 것이, 비록 미래의 계획이 없는 한 막의 애욕극이었다고는 하더라도 거기에 이르기까지는 오랜 시간의 양해가 있었던 것이라고 생각하였다. 남죽의 마음 또한 그러려니는 생각하면서도 현보는 한편 남자 된 욕심으로 남죽의 허랑한 감정을 의심도 하여 보았다. 대체 지난 칠 년 동안의 그에게는 완전히 괄호 안의 비밀인 남죽의 생활이 어떤 내용의 것이었을까 하는 것이었다. 그에게 있어서 간간이 생리의 정리가 필요하듯이 남죽에게도 그것이 필요하지 않았을까?

혹은 한 번쯤은 결혼까지 하였다가 실패하였는지도 모르며, 더 가깝게 가령 그와 다시 만나기 전에 친히 지냈던 민삼과는 깊은 관계가 없었을까 하는 생각이 갈피갈피 들었으나 돌이켜 보면 그렇게 그의 결벽하기를 원하는 것은 순전히 자기 자신의 지나친 욕심이며 그것을 희망할 자격은 자기에게는 없다는 것을 느끼게 되었다. 괄호 안의 비밀, 그의 눈에 비치지 않은 부분의 생활은 그의 관계할 바 아니며 다만 그로서는 그에게 보여 준 애정만을 달게 여기면 족할 것이라고 결론하면서 그의 애정을 너그럽게 해석하려고 하였다.

값으로 산 애정이 아니었으나 남죽의 처지가 협착한 만큼 현보는 애정에 대한 일종의 책임을 느껴서 그의 여비 일건을 더욱 절실히 생각하게 되었다.

그를 오래도록 붙들어 둘 수 없는 이상 원대로 하루라도 속히 고향에 돌려보내는 것이 애정의 의무일 것같이 생각되었다.

여비를 갖춘 후에 떳떳이 만날 생각으로 그 밤 이후 며칠 동안은 남죽을 찾지 않았다. 여비를 갖춘대야 생판 날탕인 현보에게 버젓한 도리가 있을 리는 없었다. 이미 친한 동무 준구에게 한 번 청을 걸어 여의치 못한 이상 다시 말해 볼 만한 알맞은 동무는 없었으며 그렇다고 그의 일신에 돈으로 바꿀 만한 귀중한 물건을 지닌 것도 아니었다.

옳은 길이라고는 생각지 않았으나 별수 없이 남은 한 길을 취할 수밖에는 없었다. 진종일을 노리다가 사랑 문갑에서 예금통장을 집어내기에 성공하였던 것이다. 은행과 조합의 통장이 허다한 속에서 우편예금 통장을 손쉽게 찾아내기는 하였으나 빽빽한 주의 아래에서 그것에 성공하기에는 온 이틀을 허비하였다. 가정에 대한 그 불측한 반역이 마음을 괴롭히지 않는 바도 아니었으나 그만한 희생쯤은 이루어진 애정에 대한 정성과 봉사의 생각으로 닦아 버리려고 생각하였던 것이다.

그 밤 이후 처음으로 만나는데 소용의 금액을 넌지시 내놓음이 받은 애정의 대상을 갚는 것도 같아서 겸연쩍기는 하였으나 그러나 한편 돈을 가진 마음은 즐겁고 넉넉하였다. 마음도 가뿐하고 걸음도 시원스럽게 현보는 오후는 되어서 남죽의 여관을 찾았다.

여관 안은 전체로 감감하고 방에는 남죽의 자태가 보이지 않았다. 원체 아무 세간도 없는 방인 까닭에 텅 빈 방 안을 현보는 자세히 살펴볼 것도 없이 문을 닫고 아마도 놀러 나갔으려니 하고 거리로 나왔다. 찻집과 백화점을 한 바퀴 돌고는 밤에 다시 찾기로 하고 우선 집으로 돌아왔을 때 뜻밖에 남죽의 엽서가 책상 위에 있었다. 연필로 적은 사연이 간단하게 읽혔다.

왜 며칠 동안 까딱 오시지 않았어요. 노여운 일 계세요. 여러 날 폐만 끼친 채 여비가 되었기에 즉시 떠납니다. 아마도 앞으로는 만나 뵙기 조련치 않을 것 같아요. 내내 안녕히 계세요. 남죽 올림.

돌연한 보고에 현보는 기를 뽑히고 즉시로 뒷걸음을 쳐서 여관으로 향하였다.

여러 날 안 왔다고 칭원을 하면서 무슨 까닭에 그렇게도 무심하고 급스럽게 떠나 버렸을까? 여비라니 다따가 오십 원의 여비를 대체 어떻게 해서 구하였을까? 짜장 며칠 동안 카페 여급 노릇이라도 한 것일까…… 여러 가지로 생각하면서 여관에 이르러 다시 방문을 열어 보았을 때 아까와 마찬가지로 텅 빈 것이었으나 그런 줄 알고 보니 사실 구석에 가방조차 없었다. 경

198

솔한 부주의를 내책하면서 그제야 곡절을 물어보려 안문을 들어서서 주인을 찾았다.

궂은일을 하던 노파는 치맛자락으로 손을 훔치면서 한마디 불어 대고 싶은 듯도 한 눈치로 뜰 안에 나서며 간밤에 부랴부랴 거둬 가지고 떠났다는 소식을 첫마디에 이르고는 뒤슬뒤슬 속 있는 웃음을 띠었다.

"그게 대체 여배우요, 여학생이오? 신식 여자들은 겉만 보군 알 수가 없으니."

무슨 소리를 하려는 수작인고 하고 그다지 반갑지는 않았으나 현보는 잠자코 있을 수만 없어서,

"여학생으로두 보입디까?"

되레 한마디 반문하였다.

"그럼 여배우군. 어쩐지 행동거지가 보통이 아니야. 아무리 시체 여학생이기루 학생의 처신머리가 그럴까 했더니 그게 여배우구려."

"행동이 어쨌단 말요."

"하긴 배우는 거반 그렇답디다만."

말이 시끄러워질 눈치여서 현보는 말머리를 돌렸다.

"식비는 다 치렀나요?"

그러나 그 한마디가 도리어 풀숲의 뱀을 쑤신 셈이었다. 노파

의 말 주머니는 막았던 봇살같이 한꺼번에 터져 나오기 시작하였다.

"식비 여부가 있겠수, 푸른 지전이 지갑 속에 불룩하던데. 수단두 능란은 하련만 백만장자의 자식을 척척 끌어들이는 것 보문 여간내기가 아닌, 한다 하는 난꾼입디다. 그런 줄 알구 그랬는지 어쨌는지 아마두 첫눈에 후려 낸 눈친데 하룻밤 정을 줘두 부자 자식이 좋기는 좋거든. 맨숭한 날탕이던 것이 하룻밤 새에 지전이 불룩하게 쓸어든단 말요. 격이 되기는 됐어. 하룻밤을 지냈을 뿐 이튿날루 살랑 떠난단 말요."

청천의 벼락이었다. 놀랍고 어처구니가 없어서 노파의 입을 쥐어박고도 싶었으나 그러나 실성한 노파가 아닌 이상 거짓말도 아닐 것이어서 현보는 다만 벌렸던 입을 다물 수 없었다.

"백만장자의 자식이라니, 누 누구란 말요?"

아마도 말소리가 모르는 결에 떨렸던 성싶었다.

"모르시오? 김 장로의 아들 말이외다. 부랑자로 유명한……."

현보는 아찔해지면서 골이 핑 돌았다.

더 물을 것도 없고 흉측한 노파의 꼴조차가 불현듯이 보기 싫어져서 뒤도 돌아보지 않고 허둥허둥 여관을 나와 버렸다.

"그것이 여비의 출처였던가."

모르는 결에 입술이 찡그려지며 제 스스로를 비웃는 웃음이 흘러나왔다.

김 장로의 아들이라면 며칠 전에 바에서 돌연히 남죽에게 춤을 청한 놈팡인데 어느 결에 그렇게 쉽게 교섭이 되었던가, 설사 여비를 구하기 위한 수단이라고 하더라도 어둠의 여자와 다를 바가 무엇인가 생각할 때 무서운 생각에 전신에 소름이 돋으며 허전허전 꼬이는 다리에 그 자리에 쓰러져 울고도 싶었다.

남죽은 그렇게까지 변하였던가. 과거 칠 년 동안의 괄호 속의 비밀까지가 한꺼번에 눈앞에 보이는 듯하여 현보는 속았다는 생각만이 한결같이 들어 온전히 제정신 없이 거리를 더듬었다.

우울하고 불쾌하고, 미칠 듯도 한 며칠이었다. 칠 년 전부터 남죽을 알아 온 것을 뉘우치고 극단이고 무엇이고를 조직하려고 한 것조차 원되었다.

속은 것은 비단 마음뿐이 아니고 육체까지임을 알았을 때 현보는 참으로 미칠 듯도 한 심정이었던 것이다. 육체의 일부에 돌연히 변화가 생기기 시작한 것은 다음 날부터였으나 첫 경험인 현보는 다따가의 변화에 하늘이 뒤집힌 듯이나 놀랐고 첫째 그 생리적 고통은 견딜 수 없이 큰 것이었다.

몸에 추잡한 병증이 생기며 용변할 때의 괴로움이란 살을 찢는 듯도 하여 이루 헤아릴 수 없었다. 세상에서 흔히 말하는 병이 바로 이것인가 보다고 즉시 깨우치기는 하였으나 부끄러운 마음에 대뜸은 병원에도 못 가고 우선 매약점에 들렀다가 하는 수 없이 그 길로 의사를 찾았다. 진찰의 결과는 예측과 영락없이 들어맞아서 별수 없이 의사의 앞에서 눈을 감고 부끄러운 치료를 받기 시작하면서 찡그린 마음속에는 한결같이 남죽의 자태가 떠올랐다. 마음과 몸을 한꺼번에 속인 셈이나 남죽은 대체 그런 줄을 알았던가 몰랐던가.

처음에는 감격하고 고맙게 여겼던 애정이었으나 그렇게 된 결과를 보면 일종의 애욕이 사기로밖에는 생각되지 않았다. 칠팔 년 전 건강하고 아름다운 꿈으로 시작되었던 남죽의 생애가 그렇게 쉽게 병들고 상할 줄은 짐작도 할 수 없었던 것이다.

굳건한 꿈의 주인공이 칠 년 후 한다 하는 밤의 선수로 밀려 떨어질 줄은 생각할 수 없었던 것이다.

아담하던 꽃은 좀이 먹었을 뿐이 아니라 함빡 병들어 상하기 시작하지 않았던가.

책점 대중원 뒷방에서 겨울이면 화롯전을 끼고 앉아서 독서에 열중하다가 이론 투쟁을 한다고 아무나 붙들고 채 삭이지도 못한 이론으로 함부로 후려 대다가는 이튿날로 학교의 사건을 지도한다고 조금 출출한 동무들이면 모조리 방에 끌어다가는 이론과 토의가 자자하던 칠 년 전의 남죽의 옛일을 생각할 때 현보는 금할 수 없는 감회에 잠기며 잠시는 자기 몸의 괴로움도 잊어버리고 오늘의 남죽을 원망하느니보다는 그의 자태를 측은히 여기는 마음이 끝없이 솟았다.

어린 꿈의 자라가는 것은 여러 갈래일 것이나 그 허다한 실례 속에서 현보는 공교롭게도 남죽에게서 가장 측은하고 빗나간 한 장의 표본을 본 듯도 하여 우울하기 짝이 없었다.

부정한 수단을 써 가면서까지 여비로 만든 오십 원 돈이 뜻밖에도 망측한 치료비로 쓰이게 된 것을 생각하고 그 돈의 기구한 운명을 저주하면서 답답한 마음에 현보는 그날 밤 초저녁부터 바에 들어가 잠겼다.

거기에서 또한 우연히도 문제의 거리의 부랑자 김 장로의 아들을 자리에서 마주치게 된 것은 얼마나 뼈저린 비꼬움이었던 가. 반지르르하면서도 유들유들한 그 꼬락서니가 언제 보아도 불쾌하고 노여운 것이었으나 그러나 남죽 자신의 뜻으로 된 일이었다면 그도 하는 수 없는 노릇이며 무엇보다도 그 당장에서 그 녀석을 한 대 먹여서 꼬꾸라뜨릴 만한 용기와 힘없음이 현보에게는 슬펐다. 녀석도 또한 그 자리로 현보임을 알아차리고 가소로운 것은 제 술잔을 가지고 일부러 현보의 탁자에 와 마주앉으며 알지 못할 웃음을 띠는 것이다.

"이왕 마주앉았으니 술이나 같이 듭시다."

어느 결엔지 여급에게 분부하여 현보의 잔에도 술을 따르게 하였다. 희고 맑은 그 양주가 향기로 보아 솔내 나는 진인 것이 바로 그 밤과 같은 것이어서 이 또한 우연한 비꼬움으로밖에는 생각되지 않았다.

"이렇게 된 바 무엇을 속이겠소. 터놓고 말이지 사실 내겐 비싼 흥정이었소. 자랑이 아니라 나도 그 길엔 상당히 밝기는 하나 설마 그런 흠이 있을 줄이야 뉘 알았겠소. 온전히 홀린 셈이지. 그까짓 지갑쯤 털린 거야 아까울 것 없지만 몸이 괴로워 못 견디겠단 말요. 허구한 날 병원에만 다니기두 창피하고, 맥주가 직효라기에 자주 켰으나 이 몸이 언제나 개운해질지……."

술잔을 내고는 얼굴을 찡그리고 쓴웃음을 띠는 것을 보고는 녀석을 해낼 수도 없고 맞장구를 칠 수도 없어서 현보는 얼떨떨할 뿐이었다.

"당신도 별수 없이 나와 동류항일 거요. 동류항끼리 마음을 헤치구 하룻밤 먹어 봅시다그려."

하면서 군이 술잔을 권하는 것이었다.

현보는 녀석의 면상에 잔을 던지고 그 자리를 일어나고도 싶었으나……. 실상은 웃지도 못하고 울지도 못할 난처한 표정대로 그 자리에 빠지지 앉아 있을 수밖에는 없었다.

이효석 [李孝石, 1907. 2. 23. ~ 1942. 5. 25.]

이효석은 1928년 《조선지광》에 〈도시와 유령〉을 발표하며 작품 활동을 시작했다. 초기에 그는 사회주의 경향의 작품들을 다수 창작했다. 적극적으로 좌익 운동을 한 것은 아니지만 그의 작품에서 보이는 경향으로, 이효석은 유진오 등과 함께 동반자 작가로 불린다.

　이효석은 1933년 〈돈(豚)〉을 발표했는데, 이 시기를 기점으로 그의 작품 세계가 나뉜다. 초기의 작품이 이념을 바탕으로 한 것이 대부분이었다면 후기에는 원초적 자연과 인간 본연의 순수함을 다룬 작품들이 주류를 이룬다. 또한 그의 후기 소설들은 언어 표현이 섬세하고 서정적인 분위기를 자아낸다. 〈산〉, 〈들〉, 〈메밀꽃 필 무렵〉 등이 이 시기 작품인데, 특히 〈메밀꽃 필 무렵〉은 섬세한 언어 구사를 통해 시적 분위기를 드러낸 이효석의 대표작으로 꼽힌다.

도시와 유령

◆작품 개관

도시 하층민들의 삶을 보여 주는 작품이다. 노동자인 주인공은 동묘에서 노숙을 하다가 도깨비를 만난다. 그러나 무서움에 떨던 주인공 앞에 드러난 도깨비의 실체는 자동차에 치어 불구가 된 가난한 모자(母子)였다. 주인공과 모자가 처한 상황을 통해 당시 현실을 비판적으로 그려 낸 작품이다.

◆주요 등장인물

나 학교 집터에서 미장이 일을 다니는 노동자. 노숙하다가 도깨비로 오해한 모자(母子)를 알게 된다.

주인공 '나'는 일정한 일터가 없는 뜨내기 벌이꾼이다. 그는 밤에
잘 곳이 없어서 서울 이곳저곳을 돌아다니며 노숙한다. 하루는
동료 김 서방과 술을 마시고 동묘 처마 밑으로 자러 가지만, 그곳
은 이미 사람들이 가득 차 있다. 할 수 없이 동묘 안으로 들어갔
는데, 그곳에서 '나'는 희미한 도깨비불을 보고 놀라 도망친다. 이
튿날, 도깨비의 정체가 궁금해진 '나'는 용기를 내어 다시 동묘 안
으로 들어간다. 몽둥이를 내려치려다 알게 된 도깨비는 유령이
아니라 가난한 모자(母子)였다. 아들을 데리고 있는 그 어머니는
달포 전, 자동차에 치어 제대로 치료도 못 받고 불구가 되었다. 다
리를 못 쓰니 구걸도 못하고 그대로 모자는 굶고 있다. 이런 상황
을 알고 '나'는 가지고 있는 돈을 모두 모자에게 털어 주고 그곳
을 나온다.

◆작가와 작품

동반자 작가 이효석

〈도시와 유령〉은 이효석의 처녀작이다. 그는 이 소설에서 당시 사
회 현실에 대한 비판적 시각을 담아냈다. 작가는 작품의 서두에
이것은 '서울에서 유령을 목격한 이야기'라고 밝힌다. 주인공인

'나'는 변변한 일자리가 없는 도시 하층 노동자인데, 소설 속에는 그보다 더 비참한 상황에 놓여 있는 가난한 모자가 등장한다. 작가는 이러한 유령(가난한 도시의 빈민들)을 없애고 더 나은 사회를 만들자고 말한다. 바로 이러한 내용을 통해 동반자 작가인 이효석의 면모를 볼 수 있다.

◆**작품의 구조**

'현명한 독자'에게 들려주는 이야기

이 작품은 작가가 독자에게 이야기를 들려주는 액자 구조로 되어 있다. 처음과 끝에는 작가가 직접 등장하고, 가운데 부분에는 이야기의 내용이 전개된다. 작품 첫머리에서 작가는 자신이 본 '유령'에 대해 말하겠다며 서두를 뗀다. 유령 이야기는 도시 빈민들 삶에 대한 소소한 에피소드로 꾸며지는데, 작가가 보았다는 유령의 정체는 가난한 모자(母子)로 밝혀진다. 이야기가 마무리될 때 작가가 다시 등장하여 어떻게 해야 더 나은 사회를 만들 수 있을까라는 질문을 던지는 것으로 소설은 끝난다.

그 시대의 '유령'

'유령'이라는 단어는 '죽은 사람의 혼령' 혹은 '이름뿐이고 실제는 없는 것'이라는 뜻을 지닌다. 이효석의 눈에 도시 빈민들은 살아 있지만 죽은 유령으로 지칭되고, 이름은 있지만 실제로는 없는 존재이다. 독자는 이 작품을 통해 유령인 그들을 살아 숨 쉬는 존재로 만들려면 어떻게 해야 하는가에 대해 고민하게 된다.

◆작품에 반영된 현실

도시 빈민과 사회 현실

〈도시와 유령〉은 1920년대의 사회 모습이 담겨 있다. 이 시기 우리나라는 일제 강점하에서 고통스런 시간을 보내고 있었다. 사람들은 먹을 것이 충분하지 않았고 입을 것도 마땅하지 않았다. 거주할 집이 없는 사람도 많았다. 이 작품에서는 그들의 모습을 주인공과 모자(母子)를 통해 그려 낸다. 이것은 단지 도시 빈민에 국한된 것이 아니라, 당시 나라를 잃은 우리 모습과도 겹쳐진다.

◆**작품 개관**

소설의 주인공 학수는 가난한 형편으로 학교 생활도 그만두고 사랑하는 여자인 금옥이도 잃는다. 학수는 이에 좌절하지 않고, 더 넓은 세계에서 큰 뜻을 세우기 위해 떠난다.

◆**주요 등장인물**

학수 가난하지만, 장래의 큰 길을 닦기 위해 의지를 다지는 인물.

◆**줄거리**

학수는 집안이 가난해서 수업료를 내지 못한다. 정을 두고 지내던 금옥이가 다른 집에 시집가게 되었지만, 가난한 학생이기에 그녀를 잡지 못한다. 금옥이가 결혼하는 날, 학수는 학교 총회에 참

석한다. 총회에서 그는 스포츠 원정비 마련을 위해 학우 회비를 인상하려는 안에 반대하여 학생들의 이익을 지켜낸다. 같은 날 금옥이는 바다에서 스스로 목숨을 끊고 만다. 학수는 금옥이를 생각하며 읽던 하이네 시집을 금옥과 함께 묻고, 큰 꿈을 이루기 위해 고향을 떠난다.

◆작가와 작품

허영보다 실질

학교 총회에서 학수는 스포츠 원정비 적립을 반대한다. 그 이유는 스포츠 대회에서 우승해서 학교의 명예를 높이는 것보다, 학생 각자에게 실질적 도움이 되는 방향으로 학우 회비를 사용하는 게 바람직하다고 여기기 때문이다. 주인공의 이러한 생각은 곧 작가의 생각이기도 한데, 이효석은 무엇보다도 가난한 현실을 극복하는 것을 최우선으로 보았다.

◆작품의 구조

하이네 시집으로 전환된 과거와 미래

학수는 금옥을 그리는 마음을 하이네 시집을 읽으며 달랜다. 그는 시 구절을 자신의 상황에 대입하여 부정적 상황에서 긍정적 미래에 대한 의지를 다진다. 학수는 금옥이가 세상을 떠나자 시집을 금옥과 함께 묻고 새로운 세상을 향해 떠난다. 그에겐 슬픈 과거 대신 희망 어린 미래가 함께한다.

◆ **작품의 감상과 수용**

끝과 새로운 시작

학수는 모든 게 끝난 것처럼 보이고 절망적인 현실에서도 주저앉지 않는다. 금옥이가 죽고 학교 수업료를 내지 못하는 상황은 학수가 벼랑 끝에 서 있는 것처럼 보이게 한다. 하지만 그는 "백두산 꼭대기에서 제일 큰 참나무 한 대를 뽑아 위대한 열정을 얻은 것" 처럼 새로운 시작을 준비한다. 학수의 굳은 결심은 우리에게 힘을 북돋워 준다.

◆ **작품에 반영된 현실**

가난과 부자유

주인공 학수는 가난한 학생이다. 집안 형편이 어려워서 수업료도 내지 못하고 사랑하는 여자도 얻지 못한다. 궁핍함 때문에 하고 싶은 공부도 제대로 하지 못하며, 사랑도 지키지 못한다. 이것이 바로 가난으로 인한 부자유스러움이고, 당시 현실에서 대다수의 사람들이 겪는 불편한 현실이었다. 이러한 현실을 우리는 작품을 통해서 만나볼 수 있다.

수탉

◆**작품 개관**

작품에서 주인공과 수탉은 대응 관계를 이룬다. 주인공 을손은 자신의 처지를 한탄하면서 스스로를 무능하게 여긴다. 이런 자신의 모습을 수탉에 투영하여 수탉을 구박하는 내용이 소설 속에 그려진다.

◆**주요 등장인물**

을손 자신의 무능을 한탄하는 인물.

◆**줄거리**

을손은 율칙을 어겨 학교에서 무기정학 처분을 받는다. 농장의 능금을 따 먹은 것이다. 능금을 딴 것은 사치한 욕망이 아니라 필요한 식욕이었지만 잘못된 행동이기에 을손은 변명의 여지가 없다. 집에서 근신하고 있던 중, 사귀던 복녀와도 헤어지게 된다. 을손은 자신의 처지가 답답하고 무능하다고 생각하는데, 이웃집 수탉과의 싸움에서 번번이 지는 자기네의 수탉을 자신과 비슷하다고 여긴다. 하루는 수탉이 또 싸움에 지고 들어오자, 을손은 화가 나서 수탉을 향에 물건을 집어 던진다. 닭은 가엾은 비명을 지르며 죽어 간다.

◆작가와 작품

순수 문학으로의 출발

이 작품은 이효석 후기 문학의 출발점이 된 〈돈(豚)〉과 같은 해에 발표되었다. 사회 현실을 반영한 작품을 많이 쓰던 전기와 달리 인간과 자연의 모습을 순수하게 다루고 있다. 이효석 후기 문학의 분위기를 살짝 엿볼 수 있는 작품이다.

◆작품의 구조

인간과 자연의 병치

이 작품에서 을손과 수탉은 대응된다. 을손은 인간을 대표하고 수탉은 자연을 대신한다. 즉 인간과 자연이 별개로 존재하는 듯 보이지만 실제로는 하나로 합치되는 것이다. 인간과 자연의 병치 구조는 이 작품의 핵심을 이룬다.

◆**작품의 감상과 수용**

을손과 수탉의 대응

을손은 학교에 가지 못하고 복녀에게 버림받은 자신을 답답하게 여긴다. 스스로 어쩔 수 없는 낭패감에 빠져 있을 때, 집에서 기르던 수탉이 눈에 들어온다. 수탉은 이웃집 닭과의 싸움에도 매번 지고 수탉 구실도 변변하게 하지 못한다. 을손은 수탉이 왠지 자신과 비슷하다는 생각으로 돌팔매질을 한다. 을손과 수탉의 대응은 인간과 자연의 대응으로 볼 수 있는데, 후기 이효석 문학의 주요 모티프가 된다.

◆**작품에 반영된 현실**

필요한 식욕

을손은 능금을 따 먹지 말라는 율칙을 어긴다. 을손의 행동은 분명 잘못된 것이지만, 그가 능금을 딴 것은 한순간의 호기심 섞인 욕망이 아니었다. 을손은 배가 고팠기에 능금을 따 먹은 것이다. 배가 고플 정도로 먹을 게 넉넉지 않은 현실, 그로 인해 느끼는 좌절감이 을손의 상황을 통해 생생히 전달된다.

분녀

◆**작품 개관**

이 소설에서 분녀는 자연적 본능에 충실한 사람으로 등장한다. 그녀는 여러 남자와 관계를 맺지만 작가는 분녀를 비난하지 않는다. 분녀는 작품 속에서 인간 본연의 순수한 모습으로 그려진다.

◆**주요 등장인물**

분녀 천성적으로 허랑하지 않고 도덕 관념도 일정 부분 가지고 있지만, 성적 본능에 이끌리는 인물.

◆**줄거리**

분녀는 고된 일을 마치고 잠자리에 들다 누군가에게 겁탈을 당한다. 이튿날 밭일을 하며 눈치를 살피지만 누군지 알 길이 없었는데, 명준이가 자신이라고 말하고는 만주로 금을 캐러 가 버린다. 분녀는 이후 가게에서 일을 하다 유부남인 만갑이와 정을 통하게 된다. 하지만 만갑이는 분녀를 희롱한 것일 뿐이어서 분녀는 그에 대한 마음을 접는다. 천수는 분녀에게 만갑이가 여러 여자를 만난다는 사실을 알리고, 자신이 분녀를 차지한다. 분녀는 천수의 도움을 받아 재판을 받는 오빠를 보러가기도 한다. 그녀는 단옷날 그네를 타다가 왕가의 눈에 띄어 왕가와 관계를 갖고, 이 사실을 알게 된 천수와 헤어진다. 학교에서 공부를 하던 상구는 친구들과 이상한 책을 읽었다는 이유로 체포된다. 돌아와서 분녀에게 욕정을 채우나 분녀의 남자 관계를 알고는 다시 떠나 버린다. 분녀에 대한 소문은 마을에 퍼지고 어머니는 분녀를 매질한다. 이후 마음을 잡고 살아가던 분녀는, 만주로 떠났다가 돌아온 명준이를 만나게 된다.

◆ 작가와 작품
인간의 자연적 본능
이효석은 이 작품에서 분녀라는 인물을 내세운다. 분녀는 일반적인 시각으로 봤을 때, 성적으로 문란한 여자이다. 하지만 작가는 그녀를 비판적으로 보지 않고 자연스러운 시선으로 그려 낸다.

이는 작가가 인간 본연의 순수한 욕망을 긍정적으로 바라보고 있다고 해석하는 근거가 된다.

◆**작품의 구조**

순차적으로 나열된 일련의 사건들

〈분녀〉는 번호가 매겨진 각각의 에피소드마다 분녀가 만나는 남자가 등장한다. 이 작품은 분녀를 중심으로 내용이 전개되고, 등장하는 남자들의 비중이 거의 비슷하다. 따라서 독자들은 다른 인물보다 분녀에게 초점을 맞춰, 그녀의 생각과 행동에 주목하여 읽게 된다.

◆**작품의 감상과 수용**

인간 본연의 모습

이 작품에서 나타난 분녀의 모습은 그녀가 남달리 음탕하다는 것을 말하려는 게 아니다. 분녀는 누구나 가지고 있는 자연적 본성에 이끌리는 인물이다. 그녀가 겪는 여러 사건을 읽으며 우리는 인간 본성에 내재된 욕망을 발견하게 된다.

금광 캐기와 사회주의 사상

소설 속에서 만주로 금을 캐러 간 명준과 이상한 책을 읽다가 구속된 상구는 그 시대 사회상을 여실히 드러낸다. 사람들은 어려운 현실에서 돌파구를 찾지 못하고 더 나은 삶을 찾아 떠나거나, 잘살 수 있는 세상을 꿈꾸며 새로운 이념에 빠져든다. 이러한 인물들을 통해 그 당시 궁핍했던 사회의 모습을 파악할 수 있다.

◆**작품 개관**

머슴살이를 하다 오해로 쫓겨난 중실은 산으로 들어간다. 산속에
서 그는 자연과 동화된 삶을 즐기고 행복한 미래를 꿈꾼다.

◆**주요 등장인물**

중실 주인인 김 영감의 오해로 쫓겨나 산으로 들어가 사는 인물.

◆**줄거리**

중실은 칠 년 동안 머슴으로 일했지만 빈손으로 쫓겨난다. 주인
김 영감의 첩인 둥글개를 건드렸다는 오해 때문이다. 중실은 갈
곳도 마땅치 않고 의지할 사람도 없기에 산으로 들어간다. 산에
서 여러 양식을 얻고 부족함 없이 살아가던 중실은 마을의 용녀

와 만들어 가는 행복한 미래를 상상하며 잠을 청한다.

◆작가와 작품

인간과 자연의 일치

이효석은 〈산〉, 〈들〉 등의 작품을 통해 인간과 자연이 동화된 모습을 보여 준다. 이 소설 속에서 인간과 자연은 분리되어 존재하는 것이 아니라 평화롭게 공존한다. 이효석은 여러 작품에서 자아와 세계가 대립하는 문명의 공간과 자아와 세계가 화합하는 자연의 공간이라는 이분법적인 대립 구조를 보여 주는데, 이 작품에서도 그 대립 구조가 큰 축을 이루고 있다. 즉 배반과 불합리의 공간인 마을과 만족과 행복의 공간인 산의 대립이 그것이다.

◆작품의 구조

서정의 산문화

이 작품은 뚜렷한 서사 구조가 드러나지 않는다. 자연의 모습이 서정적으로 묘사되어, 인간과 자연의 조화로운 모습을 보여 준다. 마을에서 쫓겨난 중실이 산에서 느끼는 심리 묘사를 한 다음과 같은 부분은 이러한 서정의 산문화 경향을 잘 보여 준다. '눈에는 어느 결엔지 푸른 하늘이 물들었고 피부에는 산 냄새가 배었다. 바심할 때의 짚북더기보다도 부드러운 나뭇잎-여러 자 깊이로 쌓이고 쌓인 깨금잎, 가랑잎, 떡갈잎의 부드러운 보료-속에 몸을 파묻고 있으면 몸뚱어리가 마치 땅에서 솟아난 한 포기의 나무와도 같은 느낌이다. 소나무, 참나무, 총중의 한 대의 나무다. 두 발은 뿌리요, 두 팔은 가지다. 살을 베이면 피 대신에 나무진이 흐를 듯하다.'

◆작품의 감상과 수용

자연에 동화된 인간의 모습

중실이 처음부터 원했던 것은 아니지만, 산속에 들어가 살면서 그는 진정한 행복을 느낀다. 산에서 나는 꿀과 나무 등으로 식량을 해결하고 가끔 마을에 내려와 필요한 것을 바꾼다. 자급자족하는 삶과 평온한 자연의 품에서 중실이 느끼는 만족감은 독자에게도 안온한 분위기를 전해 준다.

◆작품에 반영된 현실

고통스런 삶의 극복

이 작품은 1936년에 발표되었는데, 이 시기는 일제 강점하에서 우리 민족이 고통스런 생활을 이어 나가던 때였다. 이효석은 자연과 일치된 인간의 모습을 평화롭게 그려 내 힘든 현실을 극복하고자 했다.

◆**작품 개관**

이 작품에서 들은 도시와 반대되는 공간으로 제시된다. 작품 속 인물들은 들이라는 야성적 공간에서 평온함을 느끼고 마음의 안정을 얻는다.

◆**주요 등장인물**

나 다니던 학교에서 퇴학을 맞고 들에서 소일하며 지내는 인물.

문수 '나'의 친구로, 학교에서 생긴 어떤 사건으로 잡혀간다.

옥분 군청고원 득추와 파혼하고 마음을 잡지 못하는 인물.

◆**줄거리**

주인공 '나'는 학교에서 퇴학을 맞고 들에서 대부분의 시간을 보낸다. 그러던 중 군청고원 득추와 파혼하고 마음 둘 곳 없어 들에 나온 옥분을 만난다. 옥분과 '나'는 자웅의 개들처럼 스스럼없이 어울린다.

◆작가와 작품

인간과 자연의 합일

이효석은 〈들〉에서 다양한 식물의 이름을 호명하고 자연의 모습을 세심하게 묘사한다. 자연에 대한 섬세한 묘사는 인물들이 자연 속에서 편안한 느낌을 가지는 데 설득력을 더해 준다. 또한 한 쌍의 자웅으로 등장하는 개의 모습은 옥분과 '나'의 만남을 자연스럽게 이어 준다. 이러한 것들은 인간과 자연이 합일되는 모습을 표현하는 데 기여한다.

◆작품의 구조

인공적인 것과 자연적인 것의 대비

이 작품에서는 들과 인간 사회가 대조적으로 제시된다. 들은 생명이 숨 쉬고 야성적인 생명력이 꿈틀거리는 공간이다. 인물들은 이곳에서 비로소 마음의 평온을 얻는다. 반대로 인간 세상은 소설 속 인물들을 제약하고 규제하는 공간으로 등장한다.

◆**작품의 감상과 수용**

자연스러운 야성의 세계

이 작품에서 들은 도시, 인공적인 삶과 대비되는 공간으로 나타
난다. 인공적 공간에서 주인공 '나'와 문수는 퇴학당했으며 감옥
에 끌려가기도 한다. 옥분 또한 약혼자에게 파혼당하는 시련을
겪는다. 하지만 자연 공간인 들에서 세 인물들은 모두 평화롭게
안정을 취한다. 더불어 야생의 짐승과 열매로 상징되는 자연에 동
화되는 인간의 모습이 그려진다.

◆**작품에 반영된 현실**

비극적 상황의 도시 공간

이 작품에 등장하는 인물들은 모두 자연과 대비되는 공간에서
어려움을 겪는다. 주인공 '나'와 문수는 학교에서 생긴 사건으로
퇴학을 당한다. 자세한 상황은 나오지 않지만 그들이 읽던 책과
감옥 이야기가 나오는 것으로 보아, 당시 현실이 녹록지 않았음
을 예상할 수 있다.

메밀꽃 필 무렵

◆작품 개관

섬세하고 감각적인 언어로 빚어낸 이효석의 대표작이다. 그는 이 소설에서 인간과 자연이 조화된 아름다운 세계를 그려 냈다. 토속적인 자연을 배경으로 장돌뱅이의 삶과 인간의 운명을 잘 엮었다는 평가를 받는다.

◆주요 등장인물

허 생원 이곳저곳에 물건을 팔러 다니는 장돌뱅이. 왼손잡이이자 얼금뱅이로 등장한다.

동이 허 생원과 성 서방 처녀와의 인연으로 태어난 아들로 암시되는 인물.

동이가 주막집 여자를 희롱하는 것을 허 생원이 혼내 쫓아내면서 둘은 처음 만난다. 허 생원의 당나귀가 동네 아이들에게 괴롭힘을 당하자 동이는 착하게도 허 생원에게 이 사실을 알린다. 이런 인연이 계기가 되어 허 생원과 조선달, 동이는 다음 장터로 함께 길을 떠난다. 달밤에 길을 걸으면서 허 생원은 단 한 번 인연을 맺었던 성 서방네 처녀와의 일을 이야기한다. 이야기 끝에 동이가 편모 슬하에서 컸으며 어머니의 고향이 성 서방네 처녀가 살던 봉평임을 알게 된다. 허 생원은 마음속에 짚이는 바가 있어 동이가 자신과 같은 왼손잡이인 것도 눈여겨본다. 개울을 건너다 발을 헛디딘 허 생원은 물에 빠지고, 동이가 허 생원을 부축하여 건넌다.

◆작가와 작품

인간과 자연의 동화

〈메밀꽃 필 무렵〉에서 허 생원은 자신의 나귀와 동일시된다. 나이 든 후에도 암샘을 하는 나귀와 주막집 여자를 희롱하는 동이를 질투하는 허 생원의 모습이 겹치고, 나귀가 새끼를 얻은 것과 허 생원이 아들로 암시되는 동이를 만난 것이 일치된다. 이렇듯 허 생원과 나귀, 즉 인간과 자연은 작품 속에서 동화되어 나타난다.

◆ 작품의 구조
달밤과 해가 뜬 낮

이 작품은 "여름 장이란 애시당초에 글러서, 해는 아직 중천에 있건만⋯⋯."으로 시작된다. 해가 떠 있는 낮에는 허 생원의 삶이 고달프고 초라하다. 떠돌아다니며 생계를 이어가는 장돌뱅이의 삶과 나이든 허 생원의 모습은 해가 뜬 낮에 묘사된다. 하지만 해가 지고 밤이 되면 초라했던 허 생원도 아름다운 과거를 떠올리며 으쓱해한다. 성 서방네 처녀와의 일도 달밤에 이루어졌으며, 셋이 길을 가는 밤도 갓 보름이 지난 달밤이다. 이 작품에서 낮과 밤의 시간적 대비는 허 생원의 삶과 관련을 맺으며 이야기가 진행된다.

◆ 작품의 감상과 수용
세련된 문체와 서정적 표현

이효석은 이 작품에서 감각적인 언어를 구사하여 이야기를 전개한다. 〈단편 소설론〉에서 그가 "단편 소설은 하나의 서정시다."라고 말한 것을, 이 소설은 그대로 보여 준다고 할 수 있다. 달밤을 배경으로 펼쳐지는 이야기는 그 서사적 흐름뿐만 아니라, 서정적 묘사에서도 독자를 매료시키기에 충분하다.

장돌뱅이의 삶

이 소설에 등장하는 인물들은 모두 장돌뱅이다. 장돌뱅이는 정해진 곳 없이 이 마을, 저 마을을 돌아다니며 물건을 파는 사람을 말한다. 뚜렷한 터전을 갖지 못하고 떠도는 인물들은 그 당시 우리 민족의 삶을 대변하기도 한다.

◆작품 개관

이 작품은 현보와 남죽을 등장시켜 사회주의 이념을 지향하는 인물들이 타락해 가는 모습을 그려 냈다. 처음 만났을 때와 달리 남죽은 시들어 버린 꽃이 되었으며, 현보도 사상을 저버린 인물이 되었다.

◆주요 등장인물

남죽 시대적 열정을 가진, '아름다운 꿈을 흠뻑 머금은 흐뭇한 꽃'이었지만, '좀먹기 시작한, 그 어디인지 휘줄그라진 한송이 꽃'으로 변하는 인물.

현보 감옥에 다녀온 후 사상적 투사로서의 면모를 버린 인물.

지방 공연에서 단원들이 검거당하고 극단이 해산되자, 현보와 남죽은 서울로 올라온다. 남죽은 언니가 있는 곳으로 가기 위한 경비를 마련하려 애쓰지만 돈을 구하기가 쉽지 않다. 현보는 남죽을 돕기 위해 친구에게 돈을 빌리지만 그 액수는 터무니없이 적다. 현보와 남죽은 자포자기하는 마음으로 그 돈을 써 버리고 하룻밤을 같이 보낸다. 이후 현보는 돈을 구해서 남죽을 찾아오지만, 남죽은 이미 어디론가 떠난 뒤였다. 게다가 그녀가 떠난 후 알게 된 그녀의 문란한 생활과 하룻밤의 잠자리로 얻은 성병은 현보를 쓸쓸하게 만든다.

◆작가와 작품

장미 병들다

누구보다도 향기롭던 꽃이었던 남죽이 변한 모습을 통해, 작가는 돈이 생활의 중심으로 떠오른 사회를 비판한다. 돈을 원하게 되면서 순수하게 추구했던 이념을 버리고 타락하는 인간의 모습은, 작가가 작품을 통해 우리에게 경종을 울리고자 하는 내용이다.

◆작품의 감상과 수용

제목으로 내용 유추하기

우리는 이 소설의 제목을 통해 내용을 짐작하며 읽을 수 있다. 아름다운 꽃으로 지칭되던 남죽의 변화된 모습과 이러한 인물을 통해 작가가 의도하는 바를 알게 된다. '장미'가 의미하는 바는 '여성인 남죽'일 수도 있고, '현보의 순정'일 수도 있다. 그리고 '병들다'는 것은 '남죽의 타락'일 수도 있고, '현보의 순정이 배반당하는' 의미로 해석될 수도 있다.

◆작품에 반영된 현실

이념을 저버리고 타락한 인물

이 작품에 등장하는 현보와 남죽은 한때 뜻을 같이하던 동지이자 친구였다. 이념 실현을 위해 열정을 불태우던 두 사람은, 세월의 흐름 앞에서 좌절하고 타락한다. 이들은 당시 현실 변화 속에서 방황하던 여러 인간 군상의 모습을 보여 준다.